IN DUBIO PRO LEOne

Hartwig Stein

IN DUBIO PRO LEOne

Fünfzig Fabeln für Verwachsene

Bibliografische Information der Deutschen Bibliothek:
Die Deutsche Bibliothek verzeichnet diese Publikation in der
Deutschen Nationalbibliografie; detaillierte Daten sind im Internet
über <http://dnb.ddb.de> abrufbar.

© 2005 Hartwig Stein
Das Umschlagbild gibt eine Karikatur Honoré Daumiers aus dem
Jahre 1849 wieder. Es zeigt den französischen Abgeordneten Victor
Considerant, einen Schüler des Früh-Sozialisten Charles Fourier. (N.
A. Hazard/L. Delteil, Catalogue raisonné de l'œuvre lithographique de
Honoré Daumier, Ovrouy 1904 [H. D. 41]).
Herstellung und Verlag: Books on Demand GmbH, Norderstedt
ISBN 3-8334-3465-1

Inhalt

Der kranke Löwe

Pfingsten, das liebliche Fest, fiel ins Wasser. Seit Tagen überschwemmten wolkenbruchartige Regenfälle den Tierkreis und hatten selbst vor der Höhle des Löwen nicht Halt gemacht. Verschnupft hockte der König der Tiere hinter einer Wolkenwand und hütete statt Gesetz und Ordnung das Wasserbett.

Während er sich niesend von einer Seite auf die andere wälzte, hörte er plötzlich ein kehliges Brummen: Nimm den Husten nicht so schwer, jetzt kommt der Hustinetten-Bär! Ehe der letzte Ton verklungen war, stand der Bär am Bett und bot dem Löwen eine Auswahl verschiedener Vorratspackungen zum Kauf an.

Erleichtert griff der König zum Portemonnaie, da stürzte ein pudelnasser Papagei ins Gemach und kreischte mit überschnappender Stimme: Nimm Ra-Ra-Ra-Ra-Rachengold!

Hört Ihr, wie er krächzt, Majestät? Sein Hustenbonbon scheint wenig zu helfen!, höhnte der Bär.

Und du, du brummst!, schnappte der Papagei schlagfertig.

Es lebe der König!, schmetterte der Fuchs vergnügt dazwischen, verneigte sich keck und schob die Wettbewerber lässig beiseite. Euch geht es schlecht? Mein Mitgefühl! Allein, braucht Ihr aus diesem Grund zwei Ärzte? Solange »Sanssouris« in diesem Zustand bleibt, ist doch der nächste Schnupfen programmiert. Saniert, dann werdet Ihr von selbst gesund! Entlasst die beiden Bauernfänger – nur Bauspar-Füchse leben länger …

Zumindest lange genug, um entlarvt zu werden! Verdutzt fuhr die Gesellschaft herum und blickte in das treue Hundegesicht des Bremshey-Teppichdackels. Mein edler Fürst, krank seid Ihr nicht! Was Eure Schleimhaut reizt, sind keine

Viren; es ist der Hausstaub, den Ihr täglich inhaliert. Kauft einen Sauger, Sire, ein Knopfdruck – und Ihr seid erlöst! Ein Knopfdruck!?, hustete der Löwe.

Mut, Majestät, lächelte der Dackel verbindlich, der Kunde ist König.

Nein, schniefte der Löwe, auch der König ist nur ein Kunde.

Der Fuchs und die Trauben.

Eine Nachlese

Ich glaube, dass der Fuchs richtig gehandelt hat, als er sein subjektives Unvermögen in eine objektive Mangelerscheinung umdeutete. Mit persönlichen Niederlagen lebt es sich schlecht: Man kriegt so leicht Minderwertigkeitskomplexe.
Gymnasiastin Martina, 18

Wenn ihm die Trauben zu sauer sind, warum springt er danach?
Realschüler Klaus, 16

Warum haben die Trauben nicht geantwortet? In der Fabel redet doch sonst immer alles.
Grundschülerin Sybille, 10

Ich weiß nicht, wie Äsop darauf kommt: Lessing erzählt die Story ganz anders!
Gymnasiast Stephan, 15

Natürlich waren die Trauben sauer. Warum bauen die Winzer in der EU denn sonst so viel Rübenzucker an!?
Berufsschüler Thorsten, 17

Ich glaube, der Fuchs ist ein Politiker.
Gesamtschülerin Gabi, 13

Der Fuchs war sauer – wie konnten die Trauben da süß sein?
Realschüler Joachim, 16

Was soll der Scheiß? Während wir hier drinnen die Federfuchser spielen, werden draußen die letzten Füchse ausgerottet.

Gesamtschüler Christian, 17

Ich habe mir die Aufgabe wirklich sauer werden lassen – mehr war leider nicht drin. Vielleicht tröstet es Sie, dass ich die Gefühle des Fuchses sehr gut verstehen kann.

Gesamtschülerin Meike, 14

Ich weiß gar nicht, was der Fuchs hat? Mein Vater sagt immer: Sauer macht lustig!

Hauptschülerin Katja, 14

Lieber ein Satz zur Hand als eine Traube auf dem Dach.

Graffito auf dem Schulklo

Jetzt wissen wir, warum der Fuchs die Gans gestohlen hat. Da sieht man wieder, wie leicht eine gescheiterte Existenz kriminell wird.

Internatsschüler Georg, 21

Stadtmaus und Landmaus

Als die Brieftaube die dritte Einladung brachte, startete die Landmaus wohl oder übel ihren mausgrauen Kombi und fuhr zu ihrem Vetter nach Dingsda. Nein, dieses pulsierende Leben! Die Landmaus fühlte sich wie neu geboren, durchquerte Betonwüsten und Asphaltdschungel, kreuzte mit leuchtenden Augen durchs Häusermeer, entdeckte unbewohnte Verkehrsinseln und schlug sich durch verkehrslawinengefährdete Straßenschluchten. Maus, war das herrlich! Ein Abenteuerurlaub nach Maß – und völlig ungefährlich: Die städtischen Katzen lebten ausschließlich von Fleischkonserven! Wenn eine vorwitzige Naschkatze aber doch einmal zu mausen begann, wurde sie auf der Stelle von einer Streife der Weißen Mäuse dingfest gemacht.

Am schönsten aber war das Vergnügungsviertel: Käseblätter für jeden Geschmack, Mickymaus-Filme in Hülle und ohne, Mausefallen mit Katzenmusik und dann diese kleinen, kessen Karbolmäuschen mit ihren zuckersüßen Katzenzungen …

Am nächsten Mittag reiste die Landmaus zurück, um ihren Umzug so schnell wie möglich in die Wege zu leiten. Drei Tage später folgte die Stadtmaus, um wie versprochen zu helfen.

Nein, diese himmlische Ruhe! Die Stadtmaus fühlte sich wie neu geboren, pumpte die gute Landluft in ihre verqualmten Lungen und streifte mit staunenden Augen durch die gepflegten Holzwege der Wirtschaftswälder, erklomm auf Trimm-dich-Pfaden den Rindfleischberg, plätscherte zur Entspannung im Milchsee und rastete in einem rostfreien Entsorgungspark, wo man beim Anblick blühender Industriezweige alles Elend der Umwelt vergaß.

Am schönsten aber waren die ökonomischen Nischen: stille Weiler mit trutzigen Kirchen, Käseglocken aus Bleikristall und herrlich verwunschenen Lustschlössern, wo dralle Feldmäuse mit rosigen Muschis sämtliche Spezialitäten der Körperregion feilboten ...

Der Umzug fiel aus. Stadtmaus und Landmaus tauschten einfach die Plätze, und jeder war es zufrieden, bis die Landmaus – die Brieftaube hatte eben die dritte Einladung gebracht – wohl oder übel ihren mausfalben Roadster startete und zu ihrem Vetter nach Dingsda fuhr.

Der Löwenanteil

Löwe, Fuchs und Esel gingen auf die Jagd und erlegten einen Hirsch. Nachdem der Esel die Strecke verblasen hatte, befahl ihm der Löwe zu teilen. Darauf zerlegte der Esel die Beute, wog sorgfältig aus und maß jedem Jagdgenossen exakt ein Drittel des Wildbrets zu.

Wer formell gleiches Recht auf substanziell ungleiche Individuen anwendet, verübt gravierendes Unrecht und untergräbt die Grundlagen friedlichen Zusammenlebens, bemerkte der Löwe kühl und zog dem Esel das Fell über die Ohren. Dann forderte er den Fuchs auf, es besser zu machen.

Ohne zu zögern, trug der Fuchs alle Anteile zusammen und wies die gesamte Beute mit weltmännischer Geste dem Löwen zu.

Wer den Hunger nach Gerechtigkeit als Fressgier verhöhnt, fällt nur von einem Extremismus in den anderen, konstatierte der Löwe frostig und schälte den Fuchs routiniert aus dem Balg.

Der Schwarm und der Schwärmer

In einem alten, verwilderten Auwald lebte ein junger, emp-findsamer Weidenschwärmer. Während seine Altersgenos-sen ausnahmslos zu gestandenen Nachtschwärmern heran-wuchsen, die literweise Nektar soffen und allen flotten Kä-fern der Umgebung nachstellten, saß der Weidenschwärmer allein auf einer malerischen Trauerweide und schwärmte für ein bezauberndes Sternchen, das Nacht für Nacht über den Leinwandhimmel flimmerte.

Ihren Debütfilm »Die Gaukler« hatte er ebenso oft gese-hen, wie ihn die abgeblätterte Flohkiste an der heimischen Weidenallee gezeigt hatte. Auch alle Berichte im Blätter-wald hatte er nach und nach durchforstet und noch die unbedeutendste Agenturmeldung liebevoll archiviert. Selbst als der Weidenschwärmer in einem verstaubten Magazin entdeckte, dass sein Idol nicht Aimée Abendpfauenauge, sondern in Wahrheit Waltraut Weidenschwärmer hieß und hier aus Auwald an der Auma stammte, fühlte er sich der kleinen Gauklerin enger verbunden als je zuvor.

Seitdem war der Weidenschwärmer restlos glücklich und bezeugte seinem Schwarm eine rührende Treue, die selbst, als ihr Stern zu sinken begann, nicht einen Augenblick wankte. Und während die Nachtschwärmer bereits von ihrer Jugend schwärmten und sich die flotten Käfer von einst als Heimchen am Herd entpuppten, blieb der Weidenschwärmer der Alte und feierte Nacht für Nacht den Himmelskörper der schönen Aimée.

Selbst die Schreckensmeldung, dass seine Angebetete bei einem geplanten Comeback-Versuch spurlos verschwunden sei, trübte seine Gefühlswelt nicht im Geringsten. Und wer weiß, welche Lustgefühle der Weidenschwärmer im Laufe der Zeit noch entwickelt hätte, wenn er nicht eines Abends, auf seinem obligatorischen Flug ins Kino, einem Entomologen ins Netz gegangen wäre.

Er beendete sein Leben als männliches Gegenstück eines prachtvollen weiblichen Weidenschwärmers im gläsernen Sarg eines Schaukastens. Und wenn sie nicht schon gestorben gewesen wären, dann hätten sie sich jetzt kennen, aber ganz bestimmt nicht lieben gelernt.

Der kreißende Berg

Der Butterberg kreißt! Voller Verzückung starrte das Stimmvieh zum Gipfel. Sämtliche Brüsseler Spitzen schienen zu wanken, und tiefe Novellentäler durchpflügten den Milchsee. Nur die Heiligen Kühe waren entsetzt. Butterglocken läuten Sturm!, titelte das »Kuhhandelsblatt«, und auch die Goldenen Kälber klirrten unruhig mit ihren Ladenketten. Mit käsigem Gesicht glotzten die Bewohner der Milchstraße auf den Busen der Kultur und erwarteten mit bangen Blicken die Niederkunft.

Endlich war es so weit: Der Butterberg blähte sich, barst unter ohrenbetäubendem Stöhnen und sonderte mehrere Hektoliter Konsensmilch ab – aus seinem vollfetten Leib aber sprang eine magere Kirchenmaus, piepste polyglott und verschwand binnen Stunden im Blätterwald.

Nächstentriebe

Das System hatte perfekt funktioniert und sich zugleich vollkommen paralysiert, denn sie, die Fliege, gehörte ab jetzt dazu, saß mitten in seinem Zentrum und würde in Zukunft jeden warnen, der sich in schweren, betörenden Düften schwelgend dem so beredt schweigenden Honigklebeband nähern sollte.

Da die Falle an einer stark frequentierten Flugroute lag, brauchte die Fliege auf ihren ersten Einsatz nicht lange zu warten. Ehe sie sich's versah, erschienen zwei Stubenfliegen am Horizont, deren beschwingte Flugweise unmissverständlich verriet, dass sie der Anziehungskraft des künstlichen Planeten bereits erlegen waren. Hätte die Fliege sie nicht in letzter Sekunde laut schreiend gestoppt – die Neuankömmlinge wären verloren gewesen. So schwirrten sie tangential aus der Landeschleife und schwenkten irritiert in eine leicht elliptische Parkbahn. Sowie die Fliegen die Ursache ihrer Kursänderung erkannten, fielen sie freilich wie auf Kommando ab und gingen erneut, nun ärgerlich summend, zum Landeanflug über.

Was half es, dass die Gefangene ihr Schicksal mit bewegten Worten beklagte und ihre Artgenossen flehentlich bat, nicht demselben verderblichen Wahn zu verfallen – die Stubenfliegen ließen sich nicht mehr beirren. Fest überzeugt, das sagenhafte Schlaraffenland entdeckt zu haben, bezichtigten sie die Fliege der finstersten Selbstsucht und landeten im nächsten Moment zum letzten Mal.

Während eine der Stubenfliegen den abrupten Glückswechsel nicht überlebte, erlebte die andere ihren Tag von Damaskus. So fiel es der Fliege nicht schwer, die frisch geläuterte Leidensgenossin für ihr wohltätiges Werk zu begeistern. Da sich die alte Strategie als Fehlschlag erwiesen hatte, beschlossen die beiden Gefangenen, ihre Informationspolitik ab jetzt nicht mehr auf die Überzeugungskraft der Vernunft, sondern auf die abschreckende Macht des Gesetzes zu gründen.

Als bald darauf ein bulliger Brummer auftauchte und mit sichtlichem Behagen näher kam, wurde ihm daher kühl mitgeteilt, dass das Ziel seiner Wünsche Privatbesitz sei und keiner der Eigentümer daran denke, ihm eine Landeerlaubnis zu erteilen. Umsonst. Der Brummer blieb stur auf Kurs und zeigte der herrschenden Eigentumsordnung eine derart kalte Schulter, dass die fröstelnden Fliegen überzeugt waren, es mit einem der hiesigen Sprache nicht mächtigen Ausländer zu tun zu haben. Zutiefst erschrocken fingen sie daher an, ihren Rechtsstandpunkt in möglichst vielen Kultursprachen zu wiederholen, um dem ungerührten Eindringling zuletzt in der Muttersprache der Jurisprudenz ein verzweifeltes »Cave canem!« entgegenzuschleudern.

Im selben Moment, in dem der wuchtige Stabreim erklang, entrollte der Brust des vermeintlichen Ausländers ein unbändiges Gelächter, mit dem er den sprachlosen Fliegen brutal zu verstehen gab, dass er auf alle Rechtspositionen pfeife, wobei er in hämischer Anspielung auf ihre offenbar auf den Hund gekommene Bildung das Wort »privat« triumphierend auf das lateinische Verb privare = rauben zurückführte, um den entsetzten Fliegen höhnisch zu versichern ...

Den Rest der Tirade erstickte ein Schrei des Entsetzens. Hätten die Fliegen sich nicht sofort aufopfernd um ihren Artgenossen bemüht, der Brummer hätte den Schock seines Lebens kaum überwunden. Dank ihrer Hilfe erholte er sich, nahm Anteil und war vom Projekt der Fliegen bald so fasziniert, dass er selbst einen Lösungsweg vorschlug, den die entgeisterten Fliegen trotz der in Aussicht gestellten Erfolgsgarantie nur mit Schaudern betraten.

Seitdem riefen die drei um Hilfe, brüllten aus heiseren

Kehlen um Beistand und flehten und fluchten mit langsam versteinernden Herzen, ach, um Erbarmen. Und siehe, es half: Wüst und leer, im fahlen Licht einer fleckigen Lampe, rotierte der künstliche Planet in seiner Dufthülle hin und her und moderte kläglich wispernd durch den Tag ihres großen Triumphs.

Spinnefeind

Gefangen! Ein tödlicher Schreck durchzuckt die Fliege und wirft sie wie leblos in die Maschen. Sofort schnellt die Spinne im Zentrum des Radnetzes herum und erfasst das Aufschlaggebiet. Acht Augen sondieren den Sektor: Fluchtpunkt der Speichen – Peripherie, Segment für Segment. Längst hat der Rahmen den Aufprall geschluckt. Es ist totenstill. Das Blickfeld verliert sich im Knick. Durchschlag?

Die Spinne zupft, versetzt durch gleichmäßiges Anreißen alle Speichen des Sektors in Schwingung und ortet auf Grund der Frequenz- und Elongationsdifferenzen Lage und Größe der Beute. Reine Routine. Die Spinne setzt sich in Marsch.

Gnade ... schallt es ihr ... Gnade... entgegen, motorisch noch immer ... O hab doch ... fast paralysiert ... Erbarmen!

Die Spinne hält an, betastet den Fang, identifiziert ihn und spinnt die ... So sag doch ... im rhythmisch greifenden Viereck ... ein Wort ... der Kiefertaster und Beine ... ein einziges ... hilflos rotierende Fliege fester und fester ins zähe Gewirk.

Die Spinne ... ach ... die lähmende Injektion, schneidet den tief versponnenen Körper gewandt aus dem Netz und schleppt ihn, die Fangspirale am Haltefaden verlassend, langsam ins Wohngespinst im Holunder.

Der Drachen

An einem milden Oktobermorgen stieg er empor, blau, ein
spätes Veilchen, kleiner und kleiner ins Blau, Azur und
Pflaumen, und stieg, und stand: knatternd im Herbst – ein
Drachen.

Wie schön, wie wunderschön, seufzte ein kleiner Spatz in
stark verschossenem Smogking und schwirrte gerührt und
neugierig näher und rief: Großer Drachen, dein Anblick zer-
reißt mir das Herz! Zum Fliegen geboren zu sein und doch
nie abgenabelt zu werden, ist grausam. Wie hältst du das
aus – lebenslänglich am Gängelband fremder Vernunft!?

Sekundenlang zurrte der Drachen am Band, wiegte sein
aufgemaltes Gesicht pfiffig im Wind und raschelte leicht sta-
bilisierend mit seinem Reispapierschweif. Dann sprang er
gekonnt einer plötzlichen Bö auf den Rücken und saß, maß-
voll am Zügel pariert, den bockigen Luftsprung kinderleicht
aus, während der Spatz, weltmännisch im Windstoß lavie-
rend, nachdenklich im Dunstkreis der City verschwand.

Das Überraschungs-Ei

Als dem Gelege der jungen Spatzenfamilie sechs herzallerliebste Sperlinge entschlüpften, wurde die Freude der frisch geborenen Eltern nur dadurch getrübt, dass im Zentrum der quirligen Nestmulde ein siebtes Ei lag, das durchaus kein Lebenszeichen von sich gab.

War hier ein schwer aufzuziehender Nachkömmling zu erwarten oder gar eine unheilschwangere Fehlgeburt? Herr und Frau Spatz waren besorgt, aber aus gutem Grund zugleich voller Hoffnung: Das Gesetz der Serie stand auf ihrer Seite! Was sechsmal gut gegangen ist, wird beim siebten Mal nicht schief gehen, meinte der stolze Vater und prophezeite, dass das Problemkind sich schon zurechtwachsen werde.

Umso größer war sein Entsetzen, als das Überraschungs-Ei drei Tage später barst und ein feuchtfröhliches Riesenbaby das Licht der Welt schlagartig verdunkelte. Wie eine Fleisch gewordene Bevölkerungsexplosion hockte es mitten im Liebesnest, machte sich ungeniert breit und zeigte der Spatzenfamilie heimtückisch die heimischen Wachstumsgrenzen auf.

Das darf doch nicht wahr sein, stammelte der Spatz.

Schau nur, Lieber, er hat Hunger.

Hunger!?, zeterte der Spatz. Der frisst uns die Federn vom Kopf!

Aber Spatz, auf eine Portion mehr oder weniger ...

Ich rede von Spatzenportionen!, tschilpte ihr Mann und fixierte den Nachkömmling mit drohendem Adlerblick – dann gingen ihm plötzlich die Augen auf: Das ist gar kein Spatz!

Pfui, du Rabenvater, piepste die Spätzin, er fängt schon an zu fremdeln.

Obwohl der mütterliche Gefühlsausbruch den hochgradig erregten Haushaltsvorstand abrupt zum Schweigen brachte, atmete die plötzlich eingetretene Stille nur die Ruhe vor dem kommenden Sturm. Das sichtlich verängstigte Riesenbaby plusterte sich abwehrbereit auf, reckte den angeschwollenen Hals und stieß dann ein ebenso furchtsames wie fürchterliches »Kuckuck« hervor.

Das darf doch nicht wahr sein, stammelte die Spätzin.

Kindermund tut Wahrheit kund!, triumphierte ihr Mann.

Dann hältst du mich wohl für eine Lügnerin!?

Du bist fremdgegangen, du Schlampe!, tobte der Spatz und reichte die Scheidung ein.

Von einer Minute zur anderen fand sich die Spätzin als allein erziehende Mutter wieder, die sechs hungrige Schnäbel und ein heißhungriges Großmaul stopfen musste. Doch Frau Spatz war fest entschlossen, sich nicht unterkriegen zu lassen. Sie nahm ihren Mädchennamen Sperling wieder an und schaffte in unermüdlichem Pendelflug Futter herbei. Trotzdem gelang es ihr nicht, ihren nestflüchtigen Ex-Gatten zu ersetzen. Allein die Versorgung des jungen Riesen verschlang ihre Körperkraft in so hohem Maße, dass sie erkennbar vom Fleisch fiel. Als ihr Federkleid immer schlottriger wurde, unterbrach sie die Brutpflege und wandte sich voller Verzweiflung an den Dompfaff.

Obwohl Frau Sperling bereits vor Jahren vom Glauben abgefallen war, begrüßte der Dompfaff sie wie eine alte Verwandte. Das gab seiner verlorenen Tochter den Mut, ihm ihr Mutterherz rückhaltlos auszuschütten. Und siehe da: Solange sie mit stockender Stimme erzählte, war der Kirchenmann ganz Ohr, nickte verständnisvoll und gab sich die größte Mühe, die niedergeschlagene Frau aufzurichten. Erst als die Spätzin freimütig fragte, wie sie das unersättliche Findelkind loswerden könne, wiegte der Dompfaff das Haupt und schüttelte schließlich entschlossen den Kopf.

Glauben Sie nicht, dass ich für Sie kein Verständnis hätte,

meine Tochter. Doch was geschehen ist, ist geschehen. Ich weiß, was Sie jetzt sagen wollen; aber ob Sie mit dem Kuckuck verkehrt haben, spielt überhaupt keine Rolle. Auch für Leihmütter gilt die Verheißung: Lasset die Kindlein zu mir kommen und wehret ihnen nicht! Wissen Sie noch, wer das gesagt hat? Ja, auch der Erlöser war so ein Kuckuck; und wenn Unsere Liebe Frau ihr Mutterkreuz nicht auf sich genommen hätte ... Aber Frau Sperling! Liebe Frau Sperling ... Ja, zum Kuckuck, wo wollen Sie denn hin!?

Wo Frau Sperling hinwollte, war ihr selbst nicht recht klar; sie wusste nur, dass sie nicht in den Himmel wollte. So flog sie in banger Sorge zurück und erlebte die Hölle auf Erden. Schon das Luftbild übertraf ihre schlimmsten Befürchtungen: Aus der flauschigen, flaumweichen Krippe war eine blutige Mördergrube geworden, aus der ihr ein einziger Schnabel mordshungrig entgegenklaffte. Obwohl der Spätzin am helllichten Tag schwarz vor Augen wurde, hatte sie mehr als genug gesehen. Voll Zorn und Trauer drehte sie ab, um das satanische Monster beim König der Lüfte nach Recht und Gesetz zu verklagen.

Da Frau Sperling vor Jahr und Tag eine zusätzliche private Rechtsschutzversicherung abgeschlossen hatte, führte der Staatsmann sie unverzüglich in den Justizpalast, riss ein Formblatt vom Baum der Erkenntnis, nahm Platz und verband sich die Adleraugen. In drei Minuten hatte er den Sachverhalt eruiert, rechtlich gewürdigt und revisionsdicht verkündet.

Ja, Frau Sperling, so Leid mir das tut; aber das sieht gar nicht gut aus. Auf jeden Fall haben Sie ihre Aufsichtspflicht in eklatanter Weise verletzt. Dieser Tatbestand ergibt sich zunächst aus der Minderjährigkeit des Beschuldigten und seiner beklagenswerten Opfer. In Verbindung mit der unzureichenden Größe der Kinderstube und ihrer erkennbar konfliktträchtigen Zusammensetzung war daher selbst eine kurze Abwesenheit doppelt, ja dreifach zu prüfen, zumal sich Ihr Mann aus eben diesen Gründen von Ihnen getrennt hatte. Der Einwand, dass Ihr geschiedener Gatte statt gängiger Alimente nur wertloses Fersengeld gezahlt hat, vermag vor diesem Hintergrund nicht zu überzeugen. Die dadurch entstandenen Widrigkeiten gaben Ihnen nicht das Recht, sie Ihrerseits zu verschärfen. Inwieweit Ihr Fehlverhalten damit den Tatbestand der Beihilfe erfüllt, bleibe dahingestellt. Grob fahrlässig war es mit Sicherheit, da der Beklagte von Geburt an ohne jede Nestwärme aufwuchs. Früh fremdelnd, als Störenfried ausgegrenzt und außer Stande, das nötige Urvertrauen auszubilden, lag es für ihn naturgemäß nah, sein Recht auf eigene Faust zu suchen. Dass dieser Versuch im Faustrecht endete, kann man ihm billigerweise nicht vorwerfen, da Sie und Ihr Mann es offenkundig versäumt haben, ihn rechtzeitig auf den Rechtsweg zu führen. Ihr Sohn zeigt jedenfalls das typische Täterprofil eines Opfers, das den fundamentalen Gegensatz zwischen dem Gesetz des Dschungels und dem Gesetz des Paragraphendschungels nie gehört, geschweige denn gelernt hat.

Als Frau Sperling aus ihrer Ohnmacht erwachte, saß sie in einer schwer bewachten Voliere und trug das pechschwarze Federkleid rechtskräftig verurteilter Rabenmütter. Obwohl ihre Führung durchweg als gut (und besser) eingestuft wird, ist ihre Resozialisierungsprognose ungünstig, da sie bei der bloßen Erwähnung ihres Ex-Gatten immer noch von heftigen Wutanfällen heimgesucht wird: Herr Spatz ist gen Italien geflogen und schickt regelmäßig Ansichtskarten vom Schiefen Turm in Pisa.

Umso erfreulicher entwickelt sich der so schmählich im Stich gelassene Stammhalter. Nach einer von der Jugendbehörde gesponserten Weltreise absolvierte er eine Lehre in der staatlichen Finanzverwaltung und arbeitet seitdem als erfolgreicher Zwangsvollstrecker im Außendienst Seiner

Majestät. Wie viele Nester er mittlerweile geräumt hat, unterliegt dem Amtsgeheimnis.

Geleimt

Ein Gimpel ging auf den Leim und saß zu seinem Entsetzen fest. Als seine Startversuche die Aufmerksamkeit eines gelangweilten Katers erregten, schien sein Schicksal besiegelt: Flucht war unmöglich, Widerstand zwecklos und Gnade – kannten ja nicht einmal Gimpel.

Da seine Tage offenbar gezählt waren, glaubte der Gimpel, keine Minute mehr verschenken zu dürfen, spitzte den Schnabel und pfiff auf den Tod, als wolle er noch in letzter Sekunde für die »Regensburger Domspatzen« entdeckt werden.

Doch das war nicht das Ende vom Lied: Eine Hauskatze ist zwar eine Bestie, auf Grund ihrer Lebens- und Ernährungsgewohnheiten aber schon fast eine Intelligenzbestie. Allein die Tatsache, dass dieser Galgenvogel nicht um Gnade piepst, macht den Kater daher stutzig. Wer so beflügelt konzertiert, täuscht seine Flugunfähigkeit vielleicht nur vor, um seinen Fressfeind hinterlistig auf einen morschen Ast zu locken und dann …

Soweit des Katers Standortanalyse – sein Schluss: Zum Mittagessen gibt's Gemüse.

Der Rabe und der Fuchs

Ein Rabe, der ein erbeutetes Stück Käse im Schnabel trug, landete auf einem Baum, um es in Ruhe zu verzehren. Vom Duft angelockt, schnürte ein Fuchs herbei und rief: Schön, dich zu sehen, Freund; noch schöner wäre es, dich auch zu hören! Erstaunt wandte der Rabe den Kopf und beäugte den Fuchs mit unverkennbarem Misstrauen. Der Fuchs aber lehnte sich vertraulich an den Stamm und meinte augenzwinkernd: Mich täuschst du nicht. Ich weiß, dass Kleider keine Leute machen. Die Nachtigall gibt sich genauso zugeknöpft. Mehr sein als scheinen, nennt man das. Ein alter Hut, nur steht er einem Künstler denkbar schlecht: Es singe, wem Gesang gegeben!

Geschmeichelt warf sich der Rabe in die Brust, sperrte den Schnabel auf und musste zu seinem Leidwesen erfahren, dass die Kunst nicht nur brotlos ist, sondern dem Künstler nicht einmal den Brotbelag einträgt.

Was für ein Auftakt!, applaudierte der Fuchs und himmelte den Raben dankbar an. Sing weiter, Freund, und lass dich durch dein Missgeschick nicht irritieren. Dein Eigentum liegt unversehrt hier unten im Parkett. Ich nehme es bis zum Finale in Verwahrung.

Der Rabe ließ sich das nicht zweimal sagen und legte aus voller Kehle los, bis alle Tiere in Hörweite entsetzt Fersengeld gaben.

Als das Konzert mit einem furiosen Krächzer schloss, war weit und breit nur noch der Fuchs auf seinem Platz, trommelte mit den Vorderläufen und verlangte stürmisch nach einer Zugabe.

Die Moritat »Hans Huckebein« und das Couplet »Der Rabe Ralf« musste der Fuchs noch ertragen, dann hatte er sein

Ziel erreicht: Vom Autogrammwunsch seines Publikums wie magisch angezogen, warf sich der Künstler seinem Fan in die Arme und wurde vor lauter Begeisterung zerrissen.

Lehre: Ein kultiviertes Tier isst Käse niemals vor dem Hauptgericht.

Nachtigall, ick hör dir trapsen ...

Nachtigall, ick hör dir trapsen,
stürmisch rauscht dein Federkleid,
Schwingen lässig in den Strapsen,
trällerst du vom Herzeleid.

Singst die kleine Naseweise
von dem großen Floh im Ohr
der verliebten Tannenmeise
und dem coolen Labrador.

Wie sie puterrot erglommen
und sich nicht zu schade war,
einmal auf den Hund zu kommen,
damals, in der Ade-Bar.

Lässt die blanken Möpse springen,
rundheraus – in Stereo! –,
und die Welt hebt an zu singen ...
so schmeckt selbst der Piccolo.

Kusshand – Tusch! –, die Federboa
häutet sich im Rampenlicht,
und ein Bücherwurm aus Goa
seufzt ergriffen: Ein Gedicht!

Spitzen-Rio mit Pailletten
wippt dein Becken jetzt den Takt,
schnell noch ein, zwei Pirouetten
und dann biste plötzlich nackt.

Nachtigall, nu schweigste stille,
noch ein Vorhang, trapp, trapp, trapp;
doch der Schluckspecht mit Promille
fährt schon auf die Bunnys ab.

Ameise und Grille

Als der Winter kam, musste die Ameise gehen. Der Bau der Ameisenstraße war auf Eis gelegt worden und würde erst nach der Schneeschmelze wieder beginnen. Nachdem alle Versuche, irgendwo unterzukriechen, gescheitert waren, kaufte die Ameise eine Flasche Aquavit und ging hinaus in die Nacht.

Obwohl es weit unter null war, taute die Ameise in null Komma nichts auf. Bald war der Fuhrmann sternhagelvoll und der Große Wagen geriet gefährlich ins Schleudern; doch als unversehens eine Nova über der verschütteten Milchstraße aufblitzte, ging der Ameise ein Licht auf: Die Grille! Der berühmte Schlagerstar würde ihr helfen. Wie oft war sie in ihren Konzerten gewesen? Wie oft hatte sie klopfenden Herzens gelauscht? Wie oft ihr voll wilder Wehmut zugejubelt? – Die Liebe ist stärker als der Tod, hatte die Grille gesungen. Die Ameise lächelte.

Als sie am nächsten Morgen beim Landsitz der Grille ankam, verspürte die Ameise eine leichte Ernüchterung. Allen Blicken entzogen, lag das berühmte »Château Cigale« in einem riesigen, baumbestandenen Park, den eine undurchdringliche Mauer von der Außenwelt abschloss. Ein Tor ohne Klinke und Klingel bildete den einzigen Zugang. Als die Ameise beklommen näher trat, fuhr sie entsetzt zurück. Auf einem kunstvoll eingelegten Wandmosaik verkündete ein brüllender Ameisenlöwe: Hier wache ich!

Einen Moment lang wollte die Ameise umkehren, dann war sie entschlossen zu bleiben. Sicher hatte die Grille einmal schlechte Erfahrungen gemacht. Einbrecher und Kidnapper gab es ja überall, auch unter Ameisen – ein ehrlicher Arbeiter aber brauchte die Hoffnung nicht aufzugeben. Im Gegenteil, einmal musste die Grille hier durchkommen und dann ... Die Liebe ist stärker als der Tod, dachte die Ameise gerührt.

Als die Grille Ende März von den Bahamas zurückkam, war es zu spät. Nur ein klägliches Häuflein Chitin und das offenbar durch einen Flaschenwurf beschädigte Wandmosaik zeugten noch von der vergangenen kalten Jahreszeit. Armes Ding, seufzte die Grille bewegt, wenn du gewusst hättest, wie reich du gewesen bist. Dann machte sie eine taktvolle Pause.

Während der Ameisenlöwe draußen die letzten Spuren beseitigte, nahm die Grille drinnen die erste Spur auf. Einen Monat später hatte sie sämtliche Hitparaden gestürmt: »Kein Geld, doch ein Herz aus Gold« wurde ein Bombenerfolg.

Der Quizling

Beruhigen Sie sich, erklärte die Katze, Sie haben nichts zu befürchten. Hier steht nicht Ihr Körper, sondern Ihr Geist auf dem Prüfstand. Wenn sie es wünschen, gebe ich Ihnen gerne ein stabilisierendes Kreislauftonikum; ansonsten darf ich Sie bitten, mir Ihre geschätzte Aufmerksamkeit zu schenken. Die Prüfung besteht aus drei Fragen. Sie gilt als bestanden, wenn alle, ich wiederhole, alle drei Fragen richtig beantwortet werden. Es reicht, wenn Sie mir jeweils die Folgen für Mäuse erläutern. Seien Sie im Übrigen unbesorgt: Sie haben Zeit genug. Noch Fragen? Dann los. Die erste Frage lautet: Was würde geschehen, wenn ich erkrankte?

Ihre Erkrankung, antwortete die Maus, wäre ein harter Schlag für uns, da während der Zeit Ihrer Arbeitsunfähigkeit unweigerlich eine Aushilfe käme. Wir Mäuse hätten folglich statt einer zwei Katzen zu ernähren, von denen die zweite zudem, wie alle unständigen Arbeiter, beim Mausen erfahrungsgemäß alle Hege vermissen ließe. Schnell griffen Raubbau und Ausbeutung Platz, und nicht der besonnene Jäger, sondern der achtlose Wilderer führte im Haus das Kommando. In summa: Wir Mäuse haben allen Grund, Ihnen Gesundheit zu wünschen.

Ein vielversprechender Auftakt, bemerkte die Katze, doch aller Anfang ist leicht. Die zweite Frage lautet: Was würde geschehen, wenn mein Arbeitsplatz wegrationalisiert werden würde?

Ihre Entlassung, antwortete die Maus, würde uns großen Schaden zufügen, da Sie durch ungleich effektiver arbeitende Mausefallen ersetzt werden würden. Das historisch gewachsene Vertrauensverhältnis zwischen Katz und Maus wiche dem anonymen Sachzwang eines verdinglichten, blinden Geschicks. Wir hätten es folglich mit einem allgegenwärtigen Gegenspieler zu tun, der niemals schliefe, weder ausruhte, Urlaub machte oder Fragen stellte, sondern ohne Ansehen der Person rund um die Uhr wahllos und unbarmherzig zuschlüge. In summa: Wir Mäuse haben allen Grund, für die Sicherheit Ihres Arbeitsplatzes besorgt zu sein.

Eine bestechende Fortsetzung, nickte die Katze, doch soll man den Tag nicht vor dem Abend loben. Die dritte Frage lautet: Was würde geschehen, wenn ich stürbe?

Ihr Tod, antwortete die Maus, hätte verheerende Folgen für uns, da der Wegfall der sozialhygienischen Wachstumskontrolle zwangsläufig zu einer Bevölkerungsexplosion führen müsste. Nahrungsknappheit und Unterernährung wären die Folge, fortwährende Hungersnot und allgemeiner Verteilungskrieg das bittere Ende. In summa: Wir Mäuse haben allen Grund, Ihnen ein langes Leben zu wünschen.

Summa summarum?, schnurrte die Katze.

Summa summarum, antwortete die Maus: Das Wohlergehen der Katze ist die unerlässliche Voraussetzung für die Wohlfahrt der Mausheit!

Summa cum laude, lächelte die Katze.

Der Wolf und das Lamm

Als der Wolf zum Fluss kam, überraschte er ein Lamm, das wenige Meter stromab seinen Durst stillte. Komm doch mal her!, befahl der Wolf. Was habe ich denn getan?, entgegnete das Lamm beklommen. Nun tu doch nicht so, als ob du kein Wässerchen trüben könntest!, tadelte der Wolf. Wie hätte ich Ihnen das Trinkwasser verschmutzen können?, widersprach das Lamm tapfer. Sie standen doch flussaufwärts. Dieser Fluss, lächelte der Wolf salbungsvoll, ist nur ein winziges Teilstück des großen, erdumspannenden Wasserkreislaufs. Wenn wir uns hier in ein Boot setzen und dem Strom auf seinem Talweg zum Meer folgen, stoßen wir an seinem Ende staunend auf seinen Anfang und sehen dasselbe Wasser, das du hier mutwillig verschmutzt hast, vor unseren Augen verdunsten, aufsteigen, bis es in höheren, kälteren Luftschichten kondensiert – genauso wie Kochdunst die Brillengläser beschlägt –, sich langsam verdichtet und Wolken bildet, herrliche Lämmerwölkchen, die nun vom Wind zum Festland getrieben werden, dort nach und nach abregnen, um endlich, teils über offene Binnengewässer, teils durch das Grundwasser, in diesen einst wunderbar sauberen Fluss zurückzuströmen ...

Du wirst verstehen, resümierte der Wolf mit breitem Behagen –, doch das Lamm verstand ihn nicht mehr, war es doch längst im schäumenden Redestrom, still und prosaisch, untergetaucht.

www.turandot.com

Im lauschigen Feuchtbiotop eines halb verlandeten Sees lebte eine bezaubernde junge Fröschin, deren natürliche Ausstrahlung weit und breit Aufsehen erregte. Über Mangel an Freiern hätte sich die reizende Najade daher nie beklagen müssen, wenn ihr nicht alle Bewerber irgendwie mangelhaft vorgekommen wären. So lief der wählerische Backfrosch nach einiger Zeit Gefahr, schon in der Blüte der Jugend zu verwelken. Wenn sie sich morgens im Wasserspiegel betrachtete, erblickte sie nicht mehr die strahlende Schönheit von einst, die jeden Bewerber zuerst geblendet und dann abgeblitzt hatte, sondern eine abgemagerte, laichblasse Melancholikerin, die sich wehmütig fragte, ob sie nicht doch den stattlichen Froschkönig mit dem skurrilen Drosselbart hätte nehmen sollen.

Als der nächste Lenz keine Frühlingsgefühle weckte und auch den Trieb ihres angestammten Seerosenblattes erst mit großer Verspätung anzündete, erlitt die Fröschin einen Anfall von Torschlusspanik. Ob sie ihr Leben als einsame Wasserjungfer beenden oder beim Auftauchen des erstbesten Lustmolchs verschwenden würde, stand seitdem auf des Messers Schneide. Vielleicht hätte sie eines Tages sogar Hand an sich gelegt und ihre immer noch attraktiven Schenkel frustriert zu Markte getragen, wenn nicht zwei unternehmungslustige Ochsenfrösche ihre Website angeklickt hätten und auf den Flügeln ihres postmodernen Sirenengesanges über den Großen Teich gehüpft wären.

Unter normalen Umständen hätte die Ankunft eines unvergleichlichen Bewerbers naturgemäß die erlösende Wirkung eines Deus ex machina gehabt und den bekannten, bereits bei Kaulquappen nachgewiesenen Happy-End-Effekt ausgelöst. Da der überseeische Gott aus der Suchmaschine aber aus unerfindlichen Gründen in doppelter Gestalt erschien, fiel die Fröschin beim Anblick der zwiespältigen Offenbarung vom Regen in die Traufe: Ebenso stattlich wie standhaft zeigten die beiden Newcomer ein solches Ebenmaß geballter, durch Charme und Galanterie verfeinerter Leidenschaft, dass es ihr schlicht die Sprache verschlug. Obwohl ihre Kritikfähigkeit im Laufe der Zeit eher gewachsen war, lösten die beiden Florida Frogs jede Freierprobe im Handumdrehen und bewiesen selbst unter Stress ein weltläufiges Zartgefühl, das noch den ländlich-schändlichsten Korb mit heiteren Sträußen Jelängerjelieber füllte.

Als die Bewerber trotz schmerzender Freiersfüße nach sieben Wochen immer noch Brust an Brust lagen, hatte die Fröschin genug: Wie Buridans Esel wollte sie nicht enden! Anstatt zwischen zwei gleichwertigen Angeboten langsam, aber sicher zu Grunde zu gehen, ging sie der Sache beherzt auf den Grund und war seitdem fest entschlossen, den fortgesetzten Slowdown bei nächster Gelegenheit übers Knie zu brechen. Jede Entscheidung war besser als keine – koste es, was es wolle.

Während die reizbare Najade die Kür auf diese Weise mit einem kräftigen Schuss potenzieller Willkür bedachte, versetzte ein badender Ochse ihr angestammtes Seerosenblatt in derart hertzhafte Schwingungen, dass die verschaukelte Schöne koppheister ging. Als sie verärgert prustend auftauchte, fand sie sich unverhofft in den verschlungenen Polypenarmen zweier Baywatcher wieder, die sich gegenseitig daran hinderten, eine Mund-zu-Mund-Beatmung durchzuführen.

Ihr Ochsen!, fauchte die Fröschin und lächelte dann, einer plötzlichen Eingebung folgend, mit triumphierender Miene: Wer diesem Rindvieh an Größe und Kraft am nächsten kommt, darf mich am Sonntag zum Altar führen.

Obwohl das atemberaubende Ansinnen sogar einen Goliathfrosch aus Kamerun abgeschreckt hätte, ließen sich die beiden Verliebten aus dem Land der unbegrenzten Möglichkeiten nicht einen Augenblick lang ins Ochshorn jagen und quakten im Brustton gestandener Selfmademen: Nomen est omen! Wo ein Wille ist, ist auch ein Weg.

Nachdem sich die drei verständigt und gleich darauf in Gestalt des Ochsen einen kompetenten Schiedsrichter gefunden hatten, betrat der erste Bewerber den Ring, verbeugte sich, warf seiner Herzallerliebsten kess eine Kusshand zu, holte tief Luft und begann sich rhythmisch pumpend aufzublasen. Ruhig, in stetigen Schüben ansaugend, verdichtend und speichernd füllte der Ochsenfrosch Lungen und Schallblasen Zug um Zug mit Ozon, blähte sich rundend, sich selbst überrundend, und kam dann abrupt als heißer, blau-grün pulsierender Luftballon leise stöhnend zum Stillstand.

Los, sei kein Frosch!, frotzelte der Ochse und setzte launig hinzu: Noch einen Zug, dann hast du's geschafft!

Noch einen!?, gurgelte der Frosch und schnurrte, sowie das Wort dem bebenden Breitmaul entschlüpfte, jämmerlich schnarrend in sich zusammen.

Blindgänger!, konstatierte der Ochse, sichtlich enttäuscht, dass ihm der Knallfrosch in spe so knapp vor der Detonation verpufft war, und komplimentierte den zweiten Bewerber in die Arena. Der ließ sich freilich gar nicht erst bitten, schob den Versager im Sturmschritt beiseite und startete stehenden Fußes durch. In Minutenschnelle hatte er die Bestmarke seines Vorgängers ein- und in den Schatten gestellt, prallte einen Moment unter der eigenen Oberflächenspannung zurück, bekam dann die zweite Luft, spielte blitzschnell ins Blau-Schwarze hinein und barst unter dem tierischen Gewieher des Ochsen in 666 Stücke.

Mein Sieger, lächelte die Fröschin unter Tränen und barg die neben ihr eingeschlagene Hand mit unendlich zarter Gebärde am Busen. So jung, so schön, so dynamisch, so über die Maßen erhaben ... Wie ihr Herz schlug, im Rhythmus von Rührung und Stolz zu flattern begann und jubelnd zu Kopf stieg: Ja, sie liebte ihn, hatte ihn immer geliebt, und nichts und niemand würde sie daran hindern, ihn auch in Zukunft zu lieben – nicht einmal er selbst.

Das hässliche junge Entlein

Als der Frühling kam und jede Entenbrust erwärmte, blieb nur der Busen von Telse Quak aus Entenhausen winterlich kalt. Während sich die anderen Enten der kessen Erpel mit ihren gegelten Entenschnabelfrisuren kaum erwehren konnten, saß Telse in einer kleinen Konditorei und versuchte bei einer Schnabeltasse Mauerblümchenkaffee zu ergründeln, warum sie trotz unbestreitbarer Qualitäten – sie briet beispielsweise einen vorzüglichen Canard enchaîné – nie einen abkriegte.

Du musst eben mehr aus dir machen!, sagte sie endlich und starrte zum wiederholten Mal mit einem Anflug stummer Verzweiflung in ihr kaffeebraunes Ebenbild. Als sie nach einer Weile den Kopf hob, fiel ihr Blick auf die neueste »Pfau im Spiegel«, das kultivierte Magazin für Ente und Ehe, Sexualität und Selbstverwirklichung. Telse schwante etwas: Gestatten! Bevor die lahme Ente vom Nebentisch auch nur Quak sagen konnte, hatte Telse zugeschnappt und durchflog mit banger Hast den Blätterwald. Da stand es! Gleich nach der 69. Folge von »Alle meine Entchen«, der Autobiographie des bekannten Salonlöwen Ewald von Erpel: Machen Sie das Beste aus Ihrem Typ! Tipps und Tricks für alle, die es wirklich wissen wollen. Telse strahlte: Und ob sie es wissen wollte!

In den folgenden drei Tagen erlebt Telse den ungewöhnlichsten Frühjahrsputz ihres Lebens. Ihr schwarz-brauner Teint wird reinweiß grundiert und erhält durch die zarte, alabasterfarbene Tönung eine aparte, leicht aristokratische Blässe. Mit ziegelrotem Schnabelstift, stahlblauem Lidschatten und großen flaschengrünen Kontaktlinsen wird das dezente Make-up perfekt abgerundet. Um Telse noch schöner zu machen, wird ihr aparter, leicht gedrungener Hals systematisch gedehnt und Wirbel für Wirbel gestreckt. Die von Natur aus kleinen, blassroten Füße werden nachtschwarz getuscht und mit zwei diskreten Gummiflossen Ton in Ton überkront. Ein locker drapiertes schneeweißes Federkleid im gebauschten Plumeau-Stil verleiht ihrem Körper repräsentatives Format und modische Kompetenz. Einige Spritzer »Sweet Swan of Avon« vollenden das Werk und machen aus dem hässlichen jungen Entlein endgültig eine schicke, selbstbewusste Gans von durch und durch persönlichem Stil. Ein Blick in den Wasserspiegel beweist es: Mein lieber Schwan! Telse ist hellauf begeistert. Um ganz sicher zu gehen, zieht sie nach Neuschwanstein und nennt sich ab jetzt Elsa. Nun wartet sie nur noch auf ihren Schwanenritter ...

Die Frösche

Nachdem die Zahl der Geburten die Sterbeziffern in mehreren aufeinander folgenden Jahren weit unterschritten hatte, sahen die Frösche ihr Ende gekommen. Obwohl die Regierung an alle Haushalte die kostenlose Informationsbroschüre »Laich oder Leiche« verschickte und sich sogar das Staatsoberhaupt mit der herzlichen Bitte »Sei kein Frosch, vögel mal wieder« in nie da gewesener Weise exponiert hatte, gelang es den etablierten Politikern nicht, das Land erneut zu »peupliren«, wie man in Anspielung an die erfolgreiche Bevölkerungspolitik des Alten Froschkönigs neuerdings gern wieder sagte.

Als sich der Abwärtstrend allen amtlichen Bemühungen zum Trotz weiter verstärkte und selbst ein Kopfgeld von 100 Kröten, das die Regierung für jede neu geborene Kaulquappe ausgelobt hatte, so gut wie gar nichts bewirkte, erschien Unkas, ein arbeitsloser Wetterfrosch, der in seiner Not beschlossen hatte, Politiker zu werden.

Da Unkas im Gegensatz zu allen anderen Staatsmännern keine Unkenrufe ausstieß, sondern überall, wo er auftauchte, breitmäuligen Optimismus ausstrahlte, nahm seine Anhängerschaft mit atemberaubender Geschwindigkeit zu. Sein Wahlslogan »Schluss mit den Unkenrufen – Unkas rufen!« war über Nacht in aller Munde, und da Unkas zu allem Überfluss ständig einen kleinen Frosch im Hals hatte, wirkte die frohe Botschaft unwiderstehlich.

Als die alte Regierung nicht einmal mehr reagierte, übernahm Unkas an der Spitze einer Gruppe schwer bewaffneter Knallfrösche die volle Verantwortung, ließ sich zum Neuen Froschkönig ausrufen und versprach unter dem ohrenbetäubenden Jubel seiner Anhänger, das sinkende Staatsschiff wieder flott zu machen und in ein unberührtes Feuchtbiotop zu steuern.

Der neue Kurs erforderte freilich eine von Grund auf veränderte Navigation. In einer Zeit, in der selbst Affen und Hunde hinaus in den Weltraum strebten, durften auch die Frösche nicht länger zurückbleiben. Was immer die Froschperspektive in der Vergangenheit geleistet haben mochte, in Zukunft mussten sich auch die Raniden, wie alle fortschrittlichen Tiere, zur Vogelperspektive bekennen.

Tatsächlich zeigte der neue Blickwinkel das alte Problem in einem völlig veränderten Licht: Nicht nur die Menge der Frösche hatte in der Vergangenheit abgenommen, auch die Anzahl der Störche war zurückgegangen, und das in offenkundiger, direkt proportionaler Beziehung. Eine ungeheure Erregung bemächtigte sich der Frösche: Sie hatten sich nichts vorzuwerfen, sie hatten nicht versagt, sie – waren schuldlos!

Obwohl das Fremdwort »Adebar« seitdem mit Schallblasengeschwindigkeit den Kultstatus eines geflügelten Wortes erlangte und allenthalben grasgrüne, mit Laichschnüren behängte Klapperstörche aus Plastik auftauchten, deren Vertrieb zum Muttertag explosive Zuwächse verzeichnete, blieb eine bange, halb unterdrückte Frage bestehen: Was nützte die schönste Vogelperspektive, wenn sich die Vögel nicht blicken ließen?

Doch der Neue Froschkönig ließ sich durch solche Einwände nicht beirren. Einen blühenden Storchschnabel am Revers proklamierte er den Storch zum »Vogel des Jahres« und erklärte im Brustton der Überzeugung: Wenn die Störche nicht zu uns kommen, müssen wir zu den Störchen gehen! und ließ im selben Atemzug alle Unkenrufe verbieten.

Es lebe der König! Auf nach Storchenland! Hurra!, quakte es lärmend durch Tümpel und Teiche, packte in fliegender Hast Taschen und Koffer und drängte gestoßen, halb betend, halb fluchend, doch stets in guter, grünlich schillernder Ordnung durch die schon blühenden Wiesen hinaus zur Vogelfluglinie.

Leider bricht die gesicherte Überlieferung an dieser Stelle abrupt ab. Die letzte Eintragung im Tagebuch des unbekannten Froschmannes aus der Eskorte des Königs lautet: Storchenland. Der große Sprung nach vorn steht unmittelbar bevor. Alles wartet voll Ungeduld auf den kommenden Morgen. Nur Majestät bleibt wunderbar gelassen. Bis tief in die Nacht hat er vereinzelte Nachzügler begrüßt und Höchstpersönlich nach vorne geleitet. Er muss seiner Sache sehr sicher sein, wenn er sein Erstgeburtsrecht so selbstlos und fromm an die Letzten abtritt.

Die Mesalliance

Als der Thronfolger des Adlers, der sich bis dahin vor allem als Golfspieler und Playboy hervorgetan hatte, nach jahrelanger Brautschau eine junge Gans heimführte, glaubte die Vogelwelt zunächst an eine ausgewachsene Zeitungsente. Noch während der Dompfaff das ungleiche Paar einsegnete, wollten die meisten Zaungäste den Staatsakt nicht wahrhaben und tippten sich konsterniert an die Stirn. Der Zaunkönig brachte die Stimmung auf den Punkt, als er in Anspielung auf das Handikap des Dauphins hämisch versicherte: Wenn er jetzt einlocht, wird es bestimmt kein Eagle!

Obwohl sich der Honigmond der Frischvermählten unter diesen Umständen leicht bewölkte, zeigte das champagnerfarbene Federkleid der Braut nur einige feine, gesprenkelte Schatten, die der natürliche Charme der Prinzessin souverän überstrahlte. Als die vermeintlich dumme Gans beim traditionellen Empfang in der Gebirgsfestung »Sanssourire« unverhofft ein zaghaftes Lächeln zeigte, hatte sie die Herzen des Volkes gewonnen. Von Mesalliance war seitdem nicht mehr die Rede, und selbst der Zaunkönig hütete sich, weiter zu spotten.

Während die Gans ihre Befangenheit immer mehr ablegte, leutselig in jeder Volksmenge badete und selbst mit Pechvögeln und Schluckspechten frei von der Gänseleber plauderte, nahm ihr Gatte sein gewohntes Junggesellenleben wieder auf und tummelte ungeniert seine Steckenpferde. Was vor der Hochzeit amüsiert belächelt oder kopfschüttelnd geduldet worden war, stieß nun allerdings auf wachsendes Unverständnis. Selbst ein royalistischer Eierkopf wie der Uhu nahm die sich öffnende Popularitätsschere mit Schrecken zur Kenntnis und warnte im Küchenkabinett vor einer gänslichen Gewichtsverschiebung im königlichen Haushalt.

Die pointierte Kritik des nachtaktiven Spin-Doktors kam freilich zu spät. Bevor der gähnende König der Lüfte Allergnädigst aus den Federn kam, stand der Dauphin schon gerupft am Pranger der Morgenzeitungen. Ein Schmierfink hatte den Hobbygolfer beim 13. Loch mit einer Turteltaube geblitzt und den Skandal in Windeseile vermarktet. »L'éclat, c'est moi!«, witzelte der »Canard enchaîné«, während der Zaunkönig mit beißender Genealogik ergänzte: Sein Urgroßvater war Heinrich der Vögler! – Der tolle Balzgraf vom Hennengau, flüsterte der Wendehals und blickte sich vielsagend um. Jetzt schlägt's a-ber-ber dreizehn!, stotterte der Kuckuck um Viertel nach acht und setzte die gesamte Tagesordnung außer Kraft.

Die Schachuhr des Königs wäre jetzt abgelaufen, wenn seine Schwiegertochter der Dynastie nicht in Allerhöchster Zeitnot zu Hilfe geeilt wäre. Ganz Gans in Duldsamkeit und Selbstverleugnung und völlig Aar in Majestät und Tapferkeit, trat sie mit ihrem Gemahl an die Öffentlichkeit und stellte sich wortlos vor den Thron. Schachmatt!, konstatierte der Wendehals und schlug dem Zaunkönig die Krone aus dem Kopf. Der weise Marabu aber seufzte gerührt: Wo sie noch liebt, da kann kein andrer hassen …

Obwohl der Dauphin dank der Intervention seiner Gattin noch einmal mit zwei majestätischen Veilchen davongekommen war, blickte er am Ende des »Paloma-Skandals« genauso blauäugig in die Welt wie zuvor. Schon bei der nationalen Geflügelausstellung verlor er beim Anblick des mehrfach prämierten Taubenschlags die Contenance und summte zum Entsetzen seiner Entourage: O, so ein sanftes Täubchen wär Seligkeit für mich!

Angesichts dieses schamlosen Rückfalls hätte die bitter enttäuschte Gans nur abwarten müssen, um den Windhund beim nächsten Seitensprung an die Leine zu legen, eine pragmatische Sanktion durchzusetzen und die dekadente

Dynastie auf solide Schwimmfüße zu stellen. Stattdessen riss ihr zuerst der Geduldsfaden und dann das neue, von Paon kreierte Nervenkostüm. Nackt, wie aus dem Ei gepellt, zeigte sie sich noch am selben Abend in Begleitung eines exilierten Wachtelkönigs im »Colombier Rouge« und leerte demonstrativ eine Magnumflasche Veuve Cliquot.

Obwohl die meisten Vögel für die aus der Gänsehaut gefahrene Prinzessin Verständnis aufbrachten, stand das Stimmungsbarometer seitdem auf veränderlich. Der schwer gezauste Thronfolger nutzte die Gunst der veränderten Thermik denn auch entschlossen aus, um seinen angeschlagenen Ruf mit Hilfe eines rasch auf den Markt geworfenen Handbuchs für Hobbygolfer aufzupolieren. Bevor »An Eagle from the Rough« allerdings wie ein Phönix aus der Asche durchstarten konnte, wurde er von einer Papierschwalbe getroffen, die die aus Gründen der Staatsräson abservierte Turteltaube unter dem unheilschwangeren Titel »Sweet Little Thirteen« veröffentlichte.

Aus der Flugbahn geworfen, geriet der Dauphin ins Trudeln und riss die Börsenkurse abrupt in die Tiefe. Adler oder Zahl? – Keine Qual!, feixte der auf Baisse spekulierende Zaunkönig und bleckte siegesgewiss seine Jacketkrone. Während der Wendehals in Windeseile seine Eagle Bonds abstieß, der Uhu über die volkswirtschaftlichen Gefahren der Maitressenwirtschaft unter besonderer Berücksichtigung des magischen Dreiecksverhältnisses philosophierte und selbst die Falken sich unter dem Eindruck ihrer gesamtwirtschaftlichen Verantwortung zu einem heiseren »Make Love, not War!« aufschwangen, trat der zum Crash eskalierte Federkrieg in ein neues Stadium.

Der Jahrestag ihrer Hochzeit sah die Gans daher nicht in der Messe, sondern auf der zeitgleich stattfindenden Buchmesse, wo sie mit atemberaubender Sanftmut ihre Anti-Memoiren »Gänschen klein – gans groß« vorstellte. Obwohl das Cover einen kross gebräunten, mit saftigen Maronen gefüllten Adlerbraten zeigte, vermied der opulente Text-Bild-Band jede Anspielung auf ihren Gatten. Stattdessen entwickelte die Autorin ein warmherziges Plädoyer für das weltweite Verbot des Vogelfangs: Vogelherde und -netze, Leimruten und Lockpfeifen sollten in Zukunft genauso in Acht und Bann getan werden wie Beizvögel, Fallensteller und Schürzenjäger.

Obwohl die Prinzessin mit diesem Bonmot nicht nur die Lachmöwen auf ihre Seite zog, war es doch selbst den lustigsten Vögeln klar, dass ihr Projekt den börsennotierten Kampf ums Dasein nicht von heute auf morgen beenden könne. Der Spötter prophezeite den selbst ernannten Friedenstauben denn auch unumwunden einen langen »Gänsemarsch durch die Institutionen«, an dessen Ende die meisten nicht mehr wüssten, ob sie Star oder Aar, Alk oder Falk, Gans oder Gänsegeier wären.

Natürlich wurde der Nestbeschmutzer von den zu Aufsteigern abgewerteten Aufrührern nach allen Regeln der Redekunst ausgebuht. Freier Flug für freie Vögel!, krächzte ein entflohener Papagei mit überschnappender Stimme und gab der Versammlung spontan ein machtvolles Mantra, das die erregte Vogelschar begierig aufgriff, immer wieder, auf und nieder flatternd, skandierte und schließlich, begeistert ausschwärmend, bis in den letzten Starenkasten trug.

Freier Flug für freie Vögel! war auch das Leitmotiv der großen Flugschau zu Gunsten einsitzender Masthähnchen, mit der die Gans und ihre Mitstreiter die Kampagne eröffneten. Höhepunkt der Show war ein dreiminütiger Sturzflug, bei dem die pechschwarz gekleidete Gans als sterbender Adler auftrat und nach einem halsbrecherischen Looping in ein Meer blutroter Taschentücher stürzte.

Als die begeistert aufgesprungenen Zuschauer sich langsam setzten, richtete sich die Gans wieder auf, machte zwei ungewöhnliche, selbst bei Kritikern Aufsehen erregende Ausfallschritte, ließ ihren rechten Lauf vorwärts gleiten und sank auf die Seite. Ein halber, unendlich zarter Knick der freien Handschwinge signalisierte das Ende: Die Gans legte ihren Kopf auf die Landebahn und starb.

Da die Black Box aus unerfindlichen Gründen nicht sichergestellt werden konnte, blieb die Absturzursache ungeklärt. Zwar einigte sich die königliche Expertenkommission auf die nahe liegende Feststellung, dass im entscheidenden Moment die Höhenruder versagt hätten, doch stieß diese rationalistische Deutung bei den zutiefst erschütterten Vögeln auf einhellige Ablehnung. Für den Zaunkönig stand jedenfalls außer Frage, dass die Kronprinzessin einem heimtückischen Anschlag zum Opfer gefallen war. Auch der Kuckuck, der schon so manches Gelege in die Luft gejagt hatte, tippte auf Zeitzünder und resümierte fachmännisch: Kommt Zeit, kommt Attentat! Unsinn, widersprach der Wendehals, Hochmut kommt vor dem Fall!, und bestellte zur Feier des Tages eine doppelte Adlermaß. Vive le Roi!, nickte der Uhu zustimmend und stabilisierte dezent die große schwarz gerahmte Tropfenbrille, mit der die Mitglieder des königlichen Haushalts ihre Anteilnahme bekundeten.

Nur der weise Marabu schüttelte seinen kahlen Kopf und behauptete steif und fest, dass der verunglückte Sturzflug in Wahrheit ein verkappter Balztanz gewesen sei, mit dem die betrogene Gans versucht habe, die Liebe ihres Mannes zurückzugewinnen. Erst als der Thronfolger sich nicht einmal blicken ließ, habe die tödlich verletzte Prinzessin sich aufgegeben und mit gebrochenem Herzen fallen lassen.

Der Hof wies alle diese (und andere) Spekulationen entschieden zurück und billigte den offiziellen Abschlussbericht. Das 13. Loch wurde zugeschüttet, die redselige Turteltaube stillschweigend abgefunden und der Dauphin aus dem Verkehr gezogen. Wenn er sich überhaupt einmal in der

Öffentlichkeit zeigte, dann allenfalls, um ein Heim für gefallene Mädchen einzuweihen. Mit tropfenförmig umflorten Blick zerschnitt er dort das obligatorische Band und ließ sich danach von einer üppigen, aber dezent geschminkten Trauerente zum Sektempfang führen, wo er mit zart geknickter Schwinge ein kleines Glas Gänsewein trank.

Deus ex machina

Katzenalarm! Auf der Stelle ließen die Mäuse alles stehen und stürzten in ihre Löcher. Ein wildes Kreischen erfüllte die Luft, sprang heulend um zwei, drei Kellerecken und schlug mit so ohrenbetäubender Wucht auf die Trommelfelle der Mäuse, als blase ein ganzes Katzenmusikkorps zum Angriff. Kurz darauf ertönte ein dumpfer Knall, dessen Schockwellen bis in die Grundfesten des Hauses ausstrahlten und bei einigen Mäusen eine akute Gänsehaut hervorriefen. Dann war es still. Nur ein fernes, klägliches Maunzen wehte heran und erfüllte die Mäuse mit banger Hoffnung: Entwarnung?

Während die Mäuse zaghaft zusammenhuschten und wispernd überlegten, wie sie sich den plötzlichen Katzenjammer erklären sollten, platzte eine Weiße Maus atemlos pfeifend zum Mauseloch herein und stammelte jauchzend, dass sich ein gnädiger Gott der Mausheit erbarmt, die Katze vertrieben und einen ewigen Hausfrieden gestiftet habe!

War das ein Jubel, ein perlender Trubel und stille, tränenselig moussierende Heiterkeit. Wie toll aber schäumte die Begeisterung, als sich die Nachricht verbreitete, dass der barmherzige Gott zur Feier des Tages habe Manna vom Himmel regnen lassen! In allen Kellerräumen standen rustikale Platten voll herrlichster Delikatessen. Lukullische Käsesticks gab es und appetitliche Wursthäppchen, saftigen Speck, leckere Schwarten und liebevoll dekorierte, mit Früchten und Körnern gespickte Kanapees.

Hei, das gab ein Fest: Wenn die Katze fort ist, tanzen die Mäuse! Schon wie sie antanzten, war eine Gaudi. Das juchzte und hallote mit falschen Bärten und künstlichen Reißzähnen, kesse Kater zeigten riesige, blutrote Pappmachékrallen und einige besonders scharfe Miezen ließen neunschwänzige Katzen durch die von Luftschlangen wimmelnde Atmosphäre knallen.

Schlag acht war der Zauber plötzlich passé: Die Mäuse stürmten das kalte Buffet …

Das letzte Wort

Es waren einmal zwei Frösche, von denen der eine in Fulda, der andere in Gießen an der Lahn lebte. Eines schönen Tages packte der Überdruss ihre Koffer und trieb sie synchron in die Ferne. Tiefe macht tiefsinnig, unkte der Fuldaer Frosch und wollte endlich hoch hinaus. Wasser verwässert den Blick, quakte der Gießener Frosch und wollte endlich einmal Land sehen. Gut gelaunt setzten sich beide in Marsch und strebten zur höchsten Erhebung ihrer Umgebung, um aus der Vogelperspektive des Vogelsbergs einen Blick in die Zukunft zu tun und ihren Lebensweg neu zu bestimmen.

Als sie am Ende zweier aufwärts springender Schweißbäche auf dem Plateau des erloschenen Vulkans ankamen, glotzten sich beide erstaunt an und pumpten ihre Schallblasen auf. Wo kommst du denn her!?, platzten sie wie aus einem Maul heraus und ärgerten sich im Stillen, selbst in dieser Höhe auf einen Artgenossen zu treffen. Wem die Welt zu Füßen liegt, der will nicht Gefahr laufen, dass ihm ein anderer auf die Zehen tritt. In jedem Frosch steckt schließlich ein potenzieller Froschkönig, auch wenn sich die meisten Raniden heute als kussecht erweisen.

Der frische Wind der Hochebene vertrieb ihre Verstimmung freilich schnell, zumal die ungewohnte Höhenluft bei beiden eine starke Kurzatmigkeit hervorrief, die jeden Redestrom versiegen ließ. Ihre lapidare Frage fand folglich eine noch knappere Antwort. Fulda und Gießen war freilich nichtssagend genug und schrie förmlich nach weiteren Erklärungen. So zeigten beide fingerfertig zurück und markierten die Himmelsrichtung. Überrascht peilten die Frösche die Lage und blickten einander erstaunt in die Augen. Die Antipoden, murmelte der Fuldaer Frosch tiefsinnig. Dann lächelten beide erkenntisinnig vor sich hin: Wer hätte das gedacht ...

Ehe die Frösche sich's recht versahen, begann ein kühner Gedanke in ihnen zu reifen. Wie ein Sesam-öffne-dich sang und klang der einmal gefallene Ausdruck durch ihr Gemüt, überhöhte die herkömmliche Tiefe und weckte zugleich wechselseitige Neugier. Reizwort und Reizklima mündeten in einen leichten Höhenrausch, der ihre Vorstellungskraft beflügelte und in dem ebenso nahe liegenden wie fernwehen Verlangen gipfelte, dort hinzugehen, wo der andere herkam.

Als die Frösche auf der Fährte ihres Gegenübers erneut den Rand des Plateaus erreichten und erstmals in den entgegengesetzten Talgrund blickten, prallten beide ernüchtert zurück. Heimat und Fremde glichen einander wie zwei verfaulte, bösartig ausgelaufene Kuckuckseier, die zählebig zum Himmel stanken: Da dampfte der Asphaltdschungel mit seinen gemeingefährlichen, Frosch verschlingenden Autoschlangen, dem üppigen Schilderwald und den unbewohnbaren Verkehrsinseln, da brüteten Steinwüsten im flimmernden Dunst der aufgepflanzten Antennenwälder, da dröhnte im »Cinefrogg« die folgende Folge des »Froschmäusekriegs«, da schmurgelten griechische »Fly-Burger« im dreifach recycelten Fett der »Batrachos-Kette« und da – war auch die Sesamstraße mit ihrem obligatorischen Denkmal für Kermit ...

Wie vor den Kopf geschlagen kehrten die Frösche um und stapften zurück. Nur die trügerische Hoffnung, beim Abschied versehentlich die falsche Richtung genommen zu haben, gab ihnen die Kraft, wieder Kontakt aufzunehmen. Umso größer war ihre Enttäuschung, als sie gemeinsam feststellten, dass sie sich keineswegs geirrt hatten. Verwirrt senkten die Frösche den Blick und starrten sinnierend zu Boden. Von den Antipoden redete keiner mehr. Doch wo waren Gulda und Fließen? Lechts und rinks konnte ein Frosch schon einmal vertauschen – das hatten altersbezogene Stichproben bei unterschiedlichen Kaulquappenpopulationen mehrfach gezeigt –, die Verwechslung von vorne und hinten war demgegenüber ein Ding der Unmöglichkeit. Oder nicht? Um sicherzugehen, beschlossen die Frösche, die Probe aufs Exempel zu machen und gemeinsam den Rand der Hochebene abzuschreiten: Wer dem Gesichtskreis des Kegelstumpfes kontinuierlich folgte, musste die Orientierung über kurz oder lang wiederfinden und konnte sich dann unverzagt auf den Weg machen.

Niemand beschreibt allerdings die steigende Frustration der Frösche, als ihre Kompassrose schon auf dem ersten Kilometer gradweise verwelkte. In welches Segment sie auch blickten – Fulda und Gießen waren schon da. Ganz gleich, ob die Frösche sich schnell oder langsam bewegten, die Augen erstaunt aufrissen oder spähend zusammenkniffen – ihr rastloser Rundblick glich einem stotternden Karussell äffender Déjà-vus, die jeden Fortschritt zeitlupenhaft ad absurdum führten.

Wir wären wohl besser zu Hause geblieben, murmelte der Gießener Frosch in einem Anflug stiller Verzweiflung. Zu Hause ist überall, konstatierte der Fuldaer philosophisch. Gibt es denn gar kein Zurück?, fragte der Gießener kleinlaut. Sei kein Frosch, knurrte der Fuldaer herablassend und setzte zum nächsten Sprung an. Im selben Moment stutzte er freilich und blieb wie gebannt stehen. Schau mal!, jubelte er dann und zeigte auf eine aufgeblasene Drosophila Gummiarabica, die den Standort eines »Fliegenden Fly-Burgers« anzeigte. Na, wenigstens keine Froschschenkel, witzelte der Gießener und bleckte die winzigen Hakenzähne.

Doch der Fuldaer hatte für derartige Scherze keinen Sinn, schüttelte indigniert seinen flachen Kopf und machte einen großen, richtungsweisenden Satz, der seinen Begleiter unwiderstehlich mit sich riss. Von einem Vorposten der Zivilisation war da die Rede, einem virtuellen Stück Heimat in der Fremde, ja einem Kristallisationskern künftiger froschgerechter Urbanität, dem nur der richtige Pioniergeist eingehaucht werden müsse, um sein verborgenes Potenzial artgemäß zu entwickeln. Allein an ihnen läge es, die einmalige Chance zu nutzen, innovativ auszugestalten und wie Romulus und Remus in die Geschichte einzugehen.

Hier willst du eine Stadt gründen!?, keuchte der Gießener Frosch ungläubig, als sie den riesigen Parkplatz überquert hatten und am Klapptresen des »Fliegenden Fly-Burger« zwei klebrige Softdrinks pappbecherten.

Rom ist auch nicht an einem Tag erbaut worden, schwärmte der Fuldaer visionär und umarmte mit imperialer Geste die 100 nummerierten Stellflächen.

Du bist verrückt, stammelte der Gießener.

Sag das noch einmal!, drohte der Stadtvater in spe.

Hier gibt es ja nicht einmal einen Fluss, geschweige denn sieben Hügel, stotterte der Gießener erregt.

Aber einen Tarpejischen Felsen!, brüllte der Fuldaer und stürzte den Skeptiker wutentbrannt vom Kantstein in den Gully.

Ein lang gezogenes Oaaah … war das Letzte, was von ihm übrig blieb, auch wenn der Nachhall die Nachwelt noch heute beschäftigt und namentlich die Philologen der Universität von Ranopolis zu immer neuen Konjekturen angeregt hat. Während die so genannte »Fuldaer« oder »Apologetische Schule« des T. Ranunculus Scriptor die beiden Vokale zu einem klassischen »Roma aeterna« emendiert und damit als selbstkritischen, wenn auch verspäteten Übergang von der Skepsis zur Gnosis interpretiert, sieht eine Gruppe Gießener Gelehrter in der Nachfolge Ranodots in ihnen den onomatoprosaischen Angstschrei einer Kreatur, die ihrer existenziellen Verzweiflung Ausdruck verlieh, indem sie das kreative Prinzip des A und O spontan verkehrte.

Zu diesen ehrwürdigen, im akademischen Streit ergrauten Positionen der »Fooldaer« und »Kanne-Gießener« hat sich in jüngster Zeit eine dritte Richtung gesellt, die die strittige Buchstabenkombination nicht als Abschieds-, sondern als Begrüßungsformel deutet und als Korruptele des hawaiianischen »Aloha« lokalisiert. Diesen so genannten »Globaloalisten« zufolge markiert das spektakuläre Ende des Gießener Anonymus in Wahrheit einen neuen Anfang auf den Antipoden, in den sich die von den »Gießenern« zutreffend erkannte, aber falsch interpretierte Verkehrung der alphabetischen Reihenfolge harmonisch einfügt. Ob sich die neue Theorie besser beweisen lässt als ihre beiden Vorgänger, steht allerdings noch nicht fest: Das mit modernster Schallblasentechnik ausgerüstete Forschungsschiff »Remus« hat sich zuletzt bei der Abreise gemeldet. Seit seinem Eintritt in den Gully herrscht Funkstille.

Ausgefuchst

1. Akt

So vergnügt?, schmunzelte der Fuchs.

Vergnügt ist gar kein Ausdruck, strahlte die Stute.

Also verliebt, mutmaßte der Fuchs und präzisierte vergnügt: Ich wette, ein Fuchs!

Nicht einmal ein Pegasus, ulkte die Stute.

Doch hoffentlich kein Trojanisches Pferd?, tippte der Fuchs mit gespielter Besorgnis.

Wie kommst du denn auf diesen Blödsinn?, erwiderte die Stute.

Dann lass mal die Katze aus dem Sack.

Katze ist gut: Seine Majestät hat sich zum Vegetarismus bekannt!

Eine vorübergehende Magenverstimmung, bemerkte der Fuchs säuerlich.

Schäm dich, du musst nicht von dir auf andere schließen!

Einmal Löwe – immer Löwe, knurrte der Fuchs.

Dann komm und überzeuge dich selbst …

2. Akt

Das darf doch nicht wahr sein!

Was denn?

Er grast!

Natürlich, triumphierte die Stute. Sieh nur, mit welchem Genuss er Löwenzahn rupft!

Glatte Majestätsbeleidigung, schoss es dem Fuchs durch den Kopf.

Na, hat es sich – ausgefuchst?

Nein, weide mit ihm! Wenn ihn der Anblick saftiger Pferdesteaks ...

Mit Vergnügen, unterbrach ihn die Stute. Eine Stärkung könnte ich gut gebrauchen.

3. Akt

Der alte Räuber rippt und rührt sich nicht, grast ruhig weiter, kaut und käut, als flösse Rapsöl durch die Allerhöchsten Adern. Nein, jetzt bewegt er sich, schüttelt majestätisch die Mähne und starrt sie frech von hinten an. Na also: Die strammen Schinken werden Seiner Rohheit den guten Leumund schon wässrig machen ... Nanu! Er schnobert? Des Königs Rock beult sich verdächtig aus!? Fehlt nur noch, dass der geile Bock ... Mein Gott, was war ich für ein Esel! Das also ist des Pudels Kern...

4. Akt

So vergnügt?

Majestät, hauchte der Fuchs.

Überrascht?

Ehrlich gesagt ...

Ja, ein Fuchs riecht den anderen, dröhnte der Löwe schulterklopfend.

Sire!, wehrte der Fuchs bescheiden ab.

Ja, stelle dein Licht nur unter den Scheffel, lachte der Löwe leutselig. Ich möchte bloß wissen … Du, Reinhard, mein Langohr hat doch nicht etwa geplaudert?

J-a, versetzte der Fuchs pfiffig.

Also doch, brüllte der Löwe verärgert.

Nicht mit der Zunge, Sire, schmunzelte der Fuchs.

Du sprichst in Rätseln, Reinhard.

Verzeiht, mein Allergnädigster König und Herr, doch saht Ihr jemals einen Löwen beim Anblick einer Stute äh-rigieren?

Das ist allerdings …

… die Tücke des Objekts, ergänzte der Fuchs geschmeidig.

Was … würdest du raten?, forschte der Löwe vertraulich.

Nun, räsonierte der Fuchs geschmeichelt, es wäre wahrscheinlich am besten, den Pferdefuß zu – pediküren.

Ausgezeichnet!, lachte der Löwe. Zwei Fliegen mit einer Klappe.

Zwei?, wiederholte der Fuchs verdutzt.

Zwei, bekräftigte der Löwe, seinen Schwanz und deine Zunge.

Die Katze im Sack

Sag mal, Junge, was wünschst du dir eigentlich zum Geburtstag?

Die Katze im Sack!

Das finde ich prima, dass du dich dieses Jahr überraschen lassen willst, lobte die Maus.

Ich will aber die Katze im Sack!, schniefte der Mausbub und stampfte mit der Pfote.

Nein, diese Jugend! Mutter war richtig ein wenig verstört. Der Junge war aber in letzter Zeit auch furchtbar sensibel.

Vater sah das völlig anders. Du mit deiner Affenliebe, hatte er gesagt. Mutter war entsetzt gewesen. Der Junge ist auch dein Kind, hatte sie erwidert. Doch Vater hatte abgewinkt. Mach, was du willst, hatte er noch geknurrt und sich demonstrativ in die »Mauspost« vertieft.

Frau Maus war das am Ende sogar recht. Selbst ist die Frau, fuhr sie am nächsten Vormittag ins Vergnügungsviertel, um ihren Bruder aufzusuchen, der das bekannte Kontaktmagazin »Mäuschen, sag mal Piep« redigierte.

Die Katze im Sack!?, feixte der erfahrene Redakteur. Nichts zu machen: Masochistische Miezen inserieren hier nicht. Aber deine Chancen stehen trotzdem nicht schlecht. Du kennst doch die Stahlbetonbrücke, die nördlich der City den Fluss überspannt. Seitdem das Fernweh wieder grassiert, treten da Nacht für Nacht Haustiere aller Art, hübsch versandfertig versackt, mit schöner Fahrplanmäßigkeit ihre letzte Reise an. Ein Horchposten auf der Brücke, ein paar Rettungsschwimmer im Strom, und das Ding ist geritzt.

Mutter fiel ein Stein vom Herzen. Wie groß aber war ihre Freude, als der Geburtstag begann, alle Gäste unter der Brücke versammelt waren und drei kräftige Wasserratten das Geschenk unter ohrenbetäubendem Jubel an Land zogen.

Als das Geburtstagskind Mutter zum Dank einen Kuss gab und Vater zur Feier des Tages sogar die »Mauspost« beiseite legte, wollte das Jauchzen kein Ende nehmen.

Was der Mausbub mit seinem Geschenk gemacht hat, wissen wir nicht. Wir sind aber fest davon überzeugt, dass er die Katze noch während der Feier aus dem Sack gelassen hat.

Der Hase und der Igel

Als der Hase in der letzten Runde erschöpft seine Löffel abgab, gingen die Hinterbliebenen unverzüglich daran, die ihnen vom Igel zugefügte Hasenscharte auszuwetzen. Die beiden Söhne des Geschlagenen wurden in »Lampes Laufschule« angemeldet und mussten sofort mit dem Training beginnen.

Lampe, mehrfacher Waldmeister, Gewinner aller klassischen Rennen der Jagdsaison und erster Träger des »Goldenen Hasenpaniers«, brachte die beiden Rammler geschickt auf Trab und schaffte es nicht zuletzt dank »Lampes Halb & Halb«, eines Kraftfutters aus einheimischem Hasenbrot und einer geheimnisvollen Wegzehrung aus dem fernöstlichen Dao Do-ping, Stehvermögen und Spurtstärke der beiden Herausforderer so zu steigern, dass sie nach einem Jahr genauso vernichtend geschlagen wurden wie ihr verewigter Vater.

Es versteht sich von selbst, dass die Pressemeldung der Niederlage weit mehr Staub aufwirbelte als das verlorene Rennen. Der Blätterwald rauschte noch lauter und länger als beim Absturz des seligen Doppeladlers. Schlagworte wie »Leistungsverfall« und »mangelnde Leistungsbereitschaft« machten die Runde und stellten die »Zukunftsfähigkeit« der Hasen ebenso wortreich wie gedankenarm in Frage. Der »Standort Hasenheide« verlor rapide an Wert und notierte schließlich bei drei, vier Pfifferlingen, auf die kein Schwein etwas gab, sodass die Masse der Angsthasen zähneklappernd in die verbleibenden Sachwerte floh.

Nur eine Hand voll Mümmelmänner und zwei zu Ostern gewählte Quotenbunnys waren bereit, sich auf die Hinterläufe zu stellen und die ihnen vom Igel eingebrockte Suppe auszulöffeln. Über Nacht wurde eine Notgemeinschaft gegründet, eine Tombola ausgespielt und wenig später die »Hans Mümmelmann Stiftung für Körperkultur und Kraftsport« aus der Taufe gehoben. Die schnellsten Hasen wurden in Leistungszentren zusammengefasst und ermittelten in Ausscheidungsrennen den nächsten Herausforderer.

Obwohl die Rahmenbedingungen hervorragend waren, blieb der sportliche Erfolg aus. Auch spektakuläre Innovationen wie blutige Steaks und Betthasenverbot konnten keine Trendwende erzwingen: Die Hasen blieben ohne Chance und wurden reihenweise deklassiert. Selbst Altmeister Lampe, den der Stiftungsvorstand in einem Verzweiflungsschritt reaktiviert hatte, musste erkennen, dass seine Stoppuhr abgelaufen war.

Trotz dieser »nationalen Katastrophe« lief sich der Wettkampf nicht tot – doch das lag nicht an den mittlerweile bewährten Nehmerqualitäten der Hasen, sondern an ihren neu entdeckten Unternehmerqualitäten. Mochten der Igel und seine ihn glänzend doubelnde Frau weiter gewinnen, die Hasen machten ab jetzt den Gewinn: Die Rennstrecke wurde umfriedet, Eintritt erhoben, Sportmagazine und Poster wurden gedruckt, Sponsoren geworben, Wettbüros und Andenkenläden schossen aus dem Boden, eine Pressetribüne musste her, Kindergarten und VIP-Lounge entstanden, und als die Hasen eines Tages begannen, auch Hahnenkämpfe und Windhundrennen auszurichten, ging dem Igel die Puste aus.

Am Ende konnte er froh sein, wenn er einmal im Jahr beim traditionellen »Hare and Hedgehog Memorial« sein Startgeld kassierte. Er beendete seine Laufbahn als Pächter einer kleinen Stadiongaststätte und erzählte im Laufe der Zeit allen, die es nicht hören wollten, wie der Hase läuft. Als er nach einigen Jahren starb, erinnerte nur noch die Leuchtschrift »Ick bün all hier« an die Zeit seiner großen Triumphe.

Das Nasobēm

Am Morgen putzt das Nasobēm
als erstes seine Nasen,
betupft sie leicht mit Tagescreme
und eilt dann auf den Rasen.

Hier steht es überlebensdick
auf längst verlorenem Posten
und schaut mit naseweisem Blick
minutenlang nach Osten.

Dort oben leuchtet, luzifern,
so ohne Himmelsleiter,
der ewig junge Morgenstern
und zieht zum Abend weiter.

Das Nasobēm blickt ihm noch nach
durch seiner Nasen Hügel
und wünschte sich wohl tausendfach,
es hätte Nasenflügel …

Nicht gans

In alten Zeiten entschlossen sich die Gänse, dem Fuchs einen monatlichen Tribut von drei jungen Mastgänsen zu zahlen, um durch den Opfertod einiger das Leben aller dauerhaft zu gewährleisten. Als es zum Schwur kam, entpuppte sich das Abkommen, das den äußeren Frieden so erfolgreich zu sichern versprach, unversehens als Quelle inneren Unfriedens, da sich unter Gantern, Gänsen und Gösseln niemand fand, dem es ehrenvoll, geschweige denn süß erschienen wäre, für andere ins Gras zu beißen.

Als mangels Masse nicht einmal der erste Tribut in Gänsemarsch gesetzt werden konnte, sträubten sich den Völkerrechtlern die Gänsekiele. Doch selbst ihre ausgefuchsten Einlassungen konnten die zu Angsthasen mutierten Vögel nicht wieder beflügeln. Schon drohte der alte Kleinkrieg aufs Neue auszubrechen, da machte ein patriotischer Ganter den atemberaubenden Vorschlag, die Gesandtschaft zu nutzen, um den Fuchs zu vernichten. Da er zugleich die Kühnheit besaß, den Plan auch selbst umzusetzen, war ihm die allgemeine Zustimmung gewiss: Die Gänse gingen mit fliegendem Hasenpanier zu ihm über und dann in die Federn.

Als der Morgen des Zahltages graute, stand der Ganter beim ersten Sonnenstrahl auf und begab sich in den Wald. Anstatt jedoch geradewegs zum Fuchsbau zu gehen, bog er nach kurzer Zeit ab und erreichte einen verfallenen, von üppigem Buschwerk überwucherten Waldbauernhof. Hier machte er Halt und stürzte sich Hals über Kopf in das Dickicht. Nachdem er sich bleich und zerzaust aus dem Unterholz gewühlt hatte, rupfte er sich mehrere Bürzelfedern aus, verstreute sie zusammen mit einem Posten mitgebrachter Gänsekiele und legte zuletzt eine breite, mit Ketchup gesprenkelte Fährte zum Hauptweg. Dann setzte er seinen Marsch fort, als ob etwas Furchtbares geschehen wäre.

Sobald der Ganter die Hörweite des Fuchsbaus erreichte, erhob er ein wüstes Geschrei, als würde er von allen Hunden gehetzt: Hilfe! Zu Hilfe! Meister Reinhard, zu Hilfe! Ein Überfall! Überfall!! Überfall!!!

Der Wolf?, bellte der Fuchs und schoss alarmiert aus dem Bau.

Gott sei Dank!, seufzte der Ganter scheinbar erleichtert und fiel dem Fuchs gekonnt um den Hals.

Schon gut, knurrte der Fuchs vornehm abwehrend, der Wolf?

Der Wolf?, wiederholte der Ganter erstaunt.

Ja, was?, drängte der Fuchs.

Kein Wolf, Herr, versetzte der Ganter schaudernd, ein Fuchs!

Ein Was!?, brüllte der Fuchs.

Ein Fuchs, Herr, bekräftigte der Ganter tapfer, und wenn nicht alle Welt wüsste, dass Ihr ein Einzelkind wart, würde ich ohne zu zögern behaupten …

Was würdest du behaupten?

Nichts, Herr, entgegnete der Ganter besonnen, nur dass der Wegelagerer Euch wie aus dem Gesicht geschnitten war, sodass wir ihm vertragsgetreu und ahnungslos entgegengingen.

Verflucht!, heulte der Fuchs in maßloser Wut, besann sich dann aber und befahl dem Ganter, ihn unverzüglich zum Tatort zu führen.

Hier, Herr, schnatterte der Ganter und zeigte auf den vermeintlichen Ort des Geschehens.

Mein Gott!, entfuhr es dem Fuchs.

Und da, da ist er verschwunden, stotterte der Ganter mit virtuosem Entsetzen und wies mit bebender Schwinge auf die Zisterne.

Und das sagst du erst jetzt!, schnappte der Fuchs.

Ich, stammelte der Ganter.

Dummkopf!, schnaubte der Fuchs und pirschte, den Ganter geschickt als Deckung verwendend, kampflustig vorwärts.

Als sich an der Brüstung nichts rührte, entschloss sich der Fuchs kühn zur Attacke, stürmte mit triefend gefletschtem Fang die Umfassung und prallte im selben Moment vor dem lichtschnell im druselnden Dämmer der Tiefe aufblitzenden Schlund eines riesigen Artgenossen fauchend zurück.

Ha!, entfuhr es dem schreckstarren Fuchs, und Ha!, schallte es aggressiv äffend empor, sodass der Angreifer unwillkürlich zurückfuhr.

Tod und Teufel, keuchte der Fuchs, ein stattlicher Bursche! Ich denke, ein Imbiss könnte nicht schaden. Sprach's, würgte den völlig verdutzten Ganter im Stehen hinunter und stürzte sich schäumend hinab ins Gefecht.

Die Milchmädchenrechnung

Auf einer Expedition zur Erforschung kleinklimatischer Gleichgewichtsstörungen in ländlichen Molkereien verloren zwei wissensdurstige Wetterfrösche die Balance und stürzten in eine halb volle Kanne mit Milch. Mehr überrascht als erschreckt ruderten die Frösche eine Weile hin und her, um dann gemeinsam nach festem Grund zu suchen. Obwohl sie ihr Gefängnis systematisch ausloteten, erfüllte sich ihre Hoffnung nicht. Die milchige Oberfläche verbarg überall die gleiche metallische Tiefe. Unverdrossen wandten die Frösche sich darauf der Kreislinie zu und tasteten jeden erreichbaren Punkt des Zylinders nach Stufen und Vorsprüngen ab. Umsonst: Der Mantel der Steilwand schloss jede Unregelmäßigkeit aus.

Als sie nicht mehr weiterwussten, ließen sich die Frösche treiben, zerbrachen sich schweigend die Köpfe und sahen geflissentlich aneinander vorbei. Von Zeit zu Zeit warf einer von ihnen einen ratlosen Blick in den hohlen, einäugigen Himmel und seufzte. Irgendwann kippte ihre Gedankenwelt um: Seerosen und Fliegen geisterten durch ihre Gehirnwindungen und weckten in ihren ermatteten Gliedern den schlummernden Drang, sich still und vertrauensvoll sinken zu lassen. Sie hatten bereits bei der Geburt eine Metamorphose erlebt ...

Metamorphose! Ein triumphierender Schrei entrang sich den Fröschen und gellte hitzig und hell durch die stereometrische Kälte. Schluchzend fielen sich die Gefangenen in die Arme, hieben sich mit wachsender Begeisterung auf die Schultern und brüllten mit überschnappenden Stimmen: Alles in Butter!

Nachdem sich beide wieder beruhigt hatten, fingen sie an, die Milch in rhythmischem Wechsel zu treten. Plätschernd und prustend bewegten sie ihre gewaltigen Schenkel, ermunterten sich gegenseitig und butterten im Brustton der Überzeugung, bis sie erschöpft aufgeben mussten und ungläubig glotzenden Auges versanken.

Lehre: Milch wird heute pasteurisiert. Wer Butter braucht, muss sie sich kaufen.

Das Goldene Zeitalter

Unsere Geschichte, meine Freunde, führt uns zurück in das vermeintlich Goldene Zeitalter. Ich sage das ganz bewusst, denn ich spreche weder von der Regierungszeit des großen Midas noch von der Herrschaft El Dorados. Im Gegenteil: Die Zeitgenossen des so genannten Goldenen Zeitalters kannten das gelbe Metall gar nicht! Man muss sich das einmal vorstellen: weit und breit keine Goldschmiedekunst, weder Goldbrokat noch Goldschnitt, von Goldmünzen, Goldplomben und Goldenen Schallplatten gar nicht zu reden. Nicht einmal einen goldenen Oktober gab es, geschweige denn goldenen Wein. Es herrschte vielmehr ewiger Frühling, ein sinnloses, fruchtloses Blühen, das weder Goldparmänen noch Golden Delicious jemals zur Reife brachte. Wasser gab es auch nicht. Die Flüsse führten stattdessen Milch und Honig. Ich bitte Sie: Milch und Honig! Kaum zu fassen, wie unsere Vorväter das überlebt haben!

Zugegeben, wenn es nur das gewesen wäre, hätte man sich vielleicht einrichten können; aber es gab ja praktisch kein einziges Schaf! Verstehen Sie mich bitte richtig: Schafe existierten schon, aber nur an und für sich, wie die Eule der Minerva sich ausdrücken würde, und nicht – für uns! In einem gewissen Sinn könnte man sogar sagen, ja, wie soll ich Ihnen das erklären … Nun, auch wir Wölfe waren damals, wenn man so will, Schafe oder doch wenigstens ausgesprochene Schafsköpfe, wenn Sie mir diese Bemerkung gestatten. Was ich sagen will: Dieses goldige Zeitalter lebte in einem Zustand krankhafter Gefühlsduselei: Die turtelnde Taube bestrickte den Falken, der schweigsame Karpfen umgarnte den Hecht, das blökende Schaf … Kurz, alles, was da kreuchte und fleuchte, wohnte nicht nur friedlich beieinander, es wohnte einander sogar bei.

Nun wäre gegen eine solche sexuelle Freizügigkeit wenig einzuwenden gewesen, wenn es mindestens einmal am Tag eine kräftige Mahlzeit gegeben hätte! Doch weit gefehlt. Ja, meine verehrten Freunde, ob es uns gefällt oder nicht, das so genannte Goldene Zeitalter war eine Epoche des Vegetarismus, nicht köstlich, sondern rohköstlich, und wenn Sie mich fragen, wovon unsere Ahnen denn um Gottes willen gelebt haben mögen, dann sage ich Ihnen frei heraus: Sie haben gar nicht gelebt, sie haben bestenfalls vegetiert! Doch ich will Sie nicht unnötig quälen. Im Grunde gilt unser Interesse ja nur einer einzigen Frage: Warum ging das so genannte Goldene Zeitalter zu Grunde, und welche Rolle spielten wir Wölfe dabei? Um es vorwegzunehmen: keine oder doch nur eine winzig kleine. Ich weiß, meine Freunde, alle, die hier einen klassischen Reißer erwartet haben, werden jetzt enttäuscht sein. Aber ich darf Ihnen versichern, dass der tatsächliche Gang der Ereignisse viel mitreißender ist. Doch urteilen Sie selbst.

Es herrscht Frühling. Die Sonne scheint, die Vögel zwitschern, Wölfe und Schafe weiden gemeinsam an einem Abhang und lassen es sich – schmecken. Plötzlich reißt ein entsetzliches Blöken die Wiederkäuer aus ihrer Beschaulichkeit. Ein naschhaftes Schaf hat sich zu weit vorgewagt, verliert den Halt und stürzt in die Tiefe. Die herbeieilenden Genossen sind verzweifelt: Das Schaf ist querschnittgelähmt! Selbst die Äskulapnatter schüttelt den Kopf. Drei Tage lang brüllt das Schaf und bettelt verzweifelt um Hilfe. Doch es gibt keine Hilfe. Es sei denn … Ein wilder Streit entbrennt, Meinungen bilden sich, geraten ins Wanken, formen sich um. Dann hat die Barmherzigkeit gesiegt. Einstimmig. Ein befreundeter Wolf ist bereit, die Last der Verantwortung auf sich zu nehmen. Als er ans Krankenbett tritt, empfängt ihn das Schaf mit dankbarem Blick. Danach schließt es für immer die Augen.

In diesem Moment, in diesem wahrhaft historischen Augenblick, vergeht das angeblich Goldene Zeitalter: Der Wolf hat Blut geleckt, ein neuer Sinn ist entbunden, die Erfindung der Lammkeule nur eine Frage der Zeit.

Und die Moral? Ich denke, sie liegt auf der Hand: Ewiger Frühling, ewiger Friede, ewige Feldgraswirtschaft – ist das nicht ein ganz und gar einseitiger, ja extremistischer Zustand? Was dem vermeintlich Goldenen Zeitalter vor allem fehlte – und auf diesem Befund, meine Freunde, beruht die Rechtfertigung des Wolfes als Gesundheitspolizist der Geschichte –, war ein elementarer Mangel an Ausgewogenheit, dieser stets gefährdeten Balance der Extreme, die nur eine gut geeichte Goldwaage auszutarieren vermag, mit einem Wort: die Goldene Mitte.

Der grüne Zweig

Ein Affe saß auf dem absteigenden Ast und überlegte verzweifelt, wie er wieder auf einen grünen Zweig kommen könne.

Nichts leichter als das!, ermunterte ihn ein junger Dachs. Ein Topf grüner Farbe wird Ihre Probleme mit einem Pinselstrich aus der Welt schaffen. Wachstum ist in erster Linie ein psychologisches Problem. Stiften Sie ein Klima des Vertrauens: Grün ist die Farbe der Hoffnung.

Ein Windhund in den besten Jahren sah das ganz anders: Wenn Sie mich fragen – sägen Sie den Ast ab. Der Baum des Lebens ist so groß, dass Sie schon nach wenigen Sekundenquadratmetern erneut auf einen grünen Zweig treffen werden. Also frisch ans Werk, doch sägen Sie schnell: Hat erst der Ast den Baum infiziert, kommt alle Mühe zu spät.

Seien Sie unbesorgt, widersprach ein alter Esel, das wächst sich zurecht. Sie müssen nur auf die Selbstheilungskräfte des Baumes vertrauen. Tun Sie nichts, dann bleibt nichts ungetan. In diesem Sinne: Viel Erfolg!

Den kann ich brauchen, dachte der Affe, griff im festen Vertrauen auf die Selbstheilungskräfte des Baumes zum Farbtopf und begann, während er mit der Linken moosgrün grundierte, mit seiner Rechten behände zu sägen: Die Welt war ja so kompliziert, und nur dem Tüchtigen lachte das Glück, und überhaupt – sicher ist sicher.

Schlarattenland

Als die Wanderratte nach Jahr und Tag ihren Geburtsort besuchte, fiel es ihr schwer, sich überhaupt zu orientieren. Die Altstadt war praktisch nicht wiederzuerkennen. Senkgruben und Abzugsgräben hatte man aufgefüllt, Gebäude und Straßen kanalisiert, die Speicher entkernt. Güter und Waren lagerten kühl und kompakt im bläulichen Glanz niemals verlöschender Sonnen, die ihr die Augen schwärzten und jeder Adaptation eine schier unüberwindliche Lichtschranke setzten.

Eine Hausratte, die den Ankömmling seit geraumer Zeit beobachtet hatte, sah das genauso. Auch in ihren Augen hatte der Fortschritt seine Spuren auf Schritt und Tritt hinterlassen, ohne sie allerdings groß zu beeindrucken. Für sie war die Modernisierung nur ein Problem der Optik. Wer von Beginn an dabei gewesen war, hätte schon eine Zeitlupe gebraucht, um den Gang der Ereignisse wahrzunehmen, zumal sein Schneckentempo die Lebensgrundlagen der Ratten nicht wirklich berührt hatte.

Die Wanderratte blinzelte ungläubig mit ihren schmerzenden Augen. In der zeitraffenden Retrospektive der Rückkehr kam die Entwicklung einem Kulturschock gleich. Je länger sie ihre neue Bekannte begleitete, desto stärker trat das Ausmaß des Wandels in ihr Bewusstsein. Staunend folgte sie ihrer Bärenführerin durch Räume, Lager, Schuppen und Hallen, rohrab durch Schlammfänger und Fallrohre, Wasserläufe, Sammler und Hauptkanäle zum Strom, in Hafenbecken und Fleete, durch Schmutzwasserrinnen und Seitenleitungen, rohrauf durch Ableitungsrohre, Putzöffnungen und Einläufe in Keller, Kammern, Gewölbe und Fluchten. Es war ein gigantisches Werk, ein kaum überschaubares Netz bald grober, bald feiner, stets haargenau aufeinander abgestimmter Verflechtungen, in dem noch die letzte kommunizierende Röhre auf die Befriedigung eines bestimmten Bedürfnisses zugeschnitten schien. Alles, was das Herz begehrte, war reichlich vorhanden: Speise und Trank, Kreuz- und Querverbindungen, Schlupfwinkel und große, sichere Rückzugsgebiete. Selbst die sprichwörtliche Made in Germany lebte nicht besser!

Eine Frage lag der Wanderratte während der Führung nichtsdestoweniger auf dem Magen und dann auf der Zunge: Wie stand es mit Katzen? Wo es gut und reichlich zu fressen gab, war auch der Fressfeind nicht fern. Gewiss, die Gerüchte wussten auch hier von unerhörten Veränderungen. Fabelhafte Geschichten vom Katzengott Whiskas machten die Runde, der Manna vom Himmel regnen ließ, einem Schlarattenland im Bauch der Stadt und andere wilde Visionen …

Doch die Hausratte winkte gelangweilt ab. Die typischen Übertreibungen, fromme Wünsche ratzekahler Sektierer, die noch im natürlichen Tod einer beliebigen Hauskatze die Exekution eines göttlichen Heilsplans witterten. Die Wirklichkeit war weitaus prosaischer. Die Katzen hatten zwar ihre Ernährungsweise tatsächlich umgestellt und in vergleichsweise kurzer Zeit das traditionelle Frischfleisch durch importierte Fleischkonserven unbekannter Herkunft ersetzt; allein, was immer diese spektakuläre Fleischwerdung für sie bedeuten mochte – die alte Feindschaft zu Ratten und Mäusen berührte sie nicht. Im Gegenteil, was gestern mühsamer und zeitraubender Nahrungserwerb gewesen war, galt heute als spannender, erholsamer Zeitvertreib. Jagd wurde Sport, Tätigkeit Spiel – der blutige Ernst blieb derselbe. Das Schlarattenland aber, und hier lächelte die Hausratte erfahrungsgesättigt, war nur ein gefährlicher geistiger Rausch, aus dem man, wenn überhaupt, nur mit einem Kater erwachte.

Der Globetrottel

Jahrelang hatte das Zebra gespart und alle Kröten, die es entbehren konnte, gezielt auf die hohe Kante gelegt. Nun war es so weit. Der bunte Traum seiner schwarz-weißen Jugend stand kurz vor der Erfüllung. Urlaub im Urwald: Auf Fotosafari im Asphaltdschungel! War etwas Schöneres denkbar?

Als der Tag der Abreise graute, stand das Zebra beim ersten Hahnenschrei auf dem Rollfeld und scharrte unternehmungslustig mit den Hufen. Endlich wurden die Fluggäste aufgerufen, der riesige Jumbo hob ab und landete nach mehrstündigem Flug auf einem gigantischen Betonwüstenflugplatz mitten im dicksten Asphaltdschungel. Der Anblick war atemberaubend und erfüllte das hustende Zebra mit unbändigem Stolz: Einen solchen Luftsprung hatte selbst der sagenumwobene Pegasus nicht vollbracht!

Bedauerlicherweise war die Blechkarawane, die die Touristen an ihren Bestimmungsort bringen sollte, von einer Verkehrslawine verschüttet worden. Das Veranstaltungsprogramm musste daher kurzfristig geändert werden. Die Wartezeit wurde zur Freizeit erklärt und jeder war es zufrieden. Während die anderen Reisenden es sich bei einigen Prairie Oysters gemütlich machten, um ihren Jetlag auszukurieren, trabte das Zebra wissensdurstig ins Dickicht der Stadt. Achten Sie auf die Wildwechsel!, rief ihm die Bärenführerin nach, bevor sie sich rechtschaffen müde zurückzog.

Alte Glucke, murmelte das Zebra und verschwand selbstbewusst in der nächsten Häuserschlucht. Das Leben im Asphaltdschungel war nämlich im Grunde ganz einfach. In diesem Punkt stimmten alle Reiseführer überein: Wer sich strikt an die Trampelpfade hielt, hatte nichts zu befürchten. Selbst die berüchtigten Wildwechsel ließen sich ohne

Gefahr betreten. Für Zebras hatten die Eingeborenen sogar spezielle »Zebrastreifen« geschaffen, die ohne Ansehen der Person Deckung gewährten. In ihrem Schutz konnte sich selbst der größte Esel gefahrlos bewegen und ungestört die herrlichsten Schnappschüsse machen.

Tatsächlich waren die Aufnahmen, die die Bullen den Hinterbliebenen nach Abschluss ihrer Untersuchungen aushändigten, sensationell. Vor allem die spektakuläre Porträtsequenz einer angreifenden Autoschlange war so mitreißend dokumentiert, dass dem Zebra posthum der mit einem fabrikneuen Jaguar dotierte »Fauna-Fröhlich-Preis« für das Tierporträt des Jahres verliehen wurde.

Obwohl der Preisträger dem Festakt aus nahe liegenden Gründen fernbleiben musste, weilte er doch im Herzen der Festversammlung, da auch das Zebra, wie der Amtsschimmel in seiner Festrede hervorhob, ein echtes Mitglied der großen Pferdefamilie sei und die Karriere der Gattung genauso verkörpere wie der schnellste Galopper – getreu der bewährten Maxime: Unsere Stärke ist die Pferdestärke.

Die beiden Hähne

In Wien lebten zwei Hähne, die hatten das Federvieh gründlich satt und fanden nichts so fad, wie ihren Hennen den Hühnerhof zu machen. Vielweiberei ja, Zuvielweiberei nein!, krähten sie bei jeder Gelegenheit und überboten sich in sarkastischen Kommentaren. Man wird ja der reinste Hennecke!, pflegten sie dann zu höhnen und hatten nicht übel Lust, den Liebesdienst ein für alle Mal zu quittieren. Was half's, dass sich die Hennen mit Henna färbten und alle Liebeskünste erfahrener Haremsdamen zur Anwendung brachten – Überfluss schafft Überdruss und selbst ein Hahn im Korb ist froh, wenn er zur Abwechslung einen Korb kriegt.

So wurden die Hähne von Tag zu Tag lustloser, dehnten die verkehrsfreien Sonntage ohne viel Federlesens auf die Werktage aus und brachten den Hühnerhof vollkommen aus dem Hahnentritt. Die Hackordnung geriet ins Wanken, Nachwuchs blieb aus, und ehe sie sich's versahen, liefen die pflichtvergessenen Gockel Gefahr, von schneidigen Zuchthähnen zu verschnittenen Masthähnchen degradiert zu werden.

Als das Schicksal der Hähne schon auf des Messers Schneide stand, verlieh ein geflügeltes Wort ihrem Fall eine unverhoffte Wendung. Ein neuer Klub wurde beworben, im nahen Wienerwald dröhnten die Werbetrommeln und selbst die Wetterhähne spektakelten auf den Kirchturmspitzen. Ein piekfeiner Stall sollte das sein, ganz futuristisch, Glas in Chrom, und voller Hennen, Go-Go-Hennen – aber das Gelbe vom Ei! Sex-und-hopp im Walzertakt, wie der Kapaun des Erzbischofs mit Kennermiene verkündet hatte. Allein im Schaufenster drehten sich Tag und Nacht sechs Sechserreihen heißer Hennen. Die knusprigsten Hühnchen weit und breit und alle – nackt!

Die Nachricht schlug ein wie eine Brandbombe. Nackt! Man musste sich das einmal vorstellen: am ganzen Körper nicht eine einzige Feder! Sogar die sagenumwobenen »Folies Poulettes« hatten das nicht gewagt. Alle Hähne in Hörweite standen spornstreichs in Flammen und auch die beiden ausgebrannten Boykotteure fingen im Nu wieder Feuer.

Als sie am Abend mit geschwollenem Kamm und einem Bouquet Hahnenfuß am Ziel ihrer Wünsche anstolzierten, war der Andrang noch größer als bei den alljährlichen Hahnenkämpfen. Aufgeregt umdrängten Gockel aus allen Hühnerhöfen das »Chicken Shack«, warfen sich in die Hühnerbrust und krähten herrisch um Einlass.

Als die metallic glänzende Hühnerleiter herabgelassen wurde, ergoss sich die Warteschlange mit solcher Gewalt in den Vorhof, dass selbst den erfahrensten Nachtschwärmern der Atem stockte – dann wurden auch sie von der Drehtür erfasst, dreimal herumgewirbelt und nach allen Regeln der Kunst ausgenommen.

Für die Katz

Wir distanzieren uns!, riefen die Mäuse, als herauskam, dass heimlich verschworene Artgenossen den Milchnapf der Katze geplündert hatten.

Ich begrüßte euren Entschluss, erwiderte die Katze. Niemand, der den Hausfrieden liebt, wird anders denken. Wer eine gute Sache befürwortet, sollte sie aber auch tatkräftig unterstützen. Es ist im Übrigen eine einfache Formalität, die euch selbst zustatten kommt: Wie leicht könnte ein Unschuldiger – und die große Mehrheit ist ja unschuldig – zu Unrecht verfolgt und verurteilt werden.

Wie wahr!, riefen die Mäuse und gaben das Schlupfloch der Diebe preis.

Tags darauf wurden sie von der Katze zu einem gemeinsamen Festessen geladen, um den wiederhergestellten Hausfrieden nach allen Regeln der Kochkunst zu feiern.

Als die Mäuse zur angegebenen Stunde eintrafen, duftete das ganze Haus nach Käse und Speck.

Herzlich willkommen!, schnurrte die Katze und ließ ihren Gästen lächelnd den Vortritt.

Die Mäuse ließen sich das nicht zweimal sagen und drängten erwartungsvoll durch die Tür.

Gefangen!, jauchzte die Katze und sperrte mit Zähnen und Klauen den Weg.

Aber wir, wir haben uns doch distanziert!, riefen die Mäuse zu Tode erschrocken.

Jetzt distanziere ich mich, lachte die Katze.

Die Vogelhochzeit

Der Kuckuck will die Elster frei'n
und lädt zur Vogelhochzeit ein.
Fiderallala, Fiderallala, Fiderallalalala.

Der Wetterhahn saust spornstreichs los
und dreht sich quietschvergnügt auf Hausse:
Fiderallala …

Am Ehehimmel schmilzt der Schnee,
die Nachwuchssorgen sind passé!
Fiderallala …

So steht die ganze Vogelschar
in guter Hoffnung vorm Altar.
Fiderallala …

Der Dompfaff schwingt den Pentateuch:
Seid fruchtbar und vermehret euch!
Fiderallala …

Der Adler inspiziert das Bett:
Mein Fliegerhorst braucht jeden Jet!
Fiderallala …

Da quakt die Löffelente hell:
Die Elster ist doch kriminell!
Fiderallala …

Der Gabelweih gibt gleichfalls Laut:
Sie hat mir mein Besteck geklaut!
Fiderallala …

Sofort regt sich der Wendehals:
Der Kuckuck ist doch ebenfalls …
Fiderallala …

Jawohl, bekennt die Glucke fest,
er setzt sich ins gemachte Nest!
Fiderallala …

Der Jungfernkranich assistiert:
Mich hat er nicht mal defloriert …
Fiderallala …

So geht das Liebesglück trotz Reim
im Sturzflug aus dem Vogelleim.
Fiderallala …

Der Honeymoon wird abgesagt,
die Luftpiraten angeklagt.
Fiderallala …

Jetzt schmachten sie im Maschendraht
bei lebenslänglich Zölibat.
Fiderallala …

Doch auch des Adlers Horst verwaist,
die Luftstreitkräfte sind vergreist.
Fiderallala …

Die Vogelschar wird alt und grau,
der Adler schreibt den Strauß k. v. …
Fiderallala …

… und rekrutiert mit faulen Tricks
den toten Archäopterix.
Fiderallala …

Da platzt dem Schluckspecht die Geduld:
Die Türkentaube, die hat Schuld!
Fiderallala …

Der Schmierfink titelt: Minderheit
plant Anschlag auf die Lufthoheit!
Fiderallala …

Die Eule kreischt: Ich hab's gewusst!
Der Falke sträubt die Heldenbrust.
Fiderallala …

Am Schluss kreist nur der Wetterhahn
noch auf der angestammten Bahn …
Fiderallala …

… verkehrt sich quietschverzagt auf Baisse
und zeigt dem Adler das Gesäß.
Fiderallala, Fiderallala, Fiderallalülala.

Der Dompfaff und die Abgottschlange

Jeden Sonn- und Feiertag ging der Dompfaff in den Zoo und redete mit dem Vieh, den Vögeln und den Fischen. Obwohl er sich am Anfang herzlich bemühte, seine frohe Botschaft unter allem, was da kreuchte und fleuchte, gleichermaßen zu verbreiten, wandte er seine seelsorgerische Aufmerksamkeit im Laufe der Zeit ausschließlich der Abgottschlange zu.

Auch wenn er sie nie mit dem berühmt-berüchtigten Apfel, ja nicht einmal mit einer ganz und gar unbescholtenen Apfelsine gesehen hatte, war der Dompfaff fest davon überzeugt, in ihr die wahre Schuldige seiner erfolglosen Missionsarbeit erkennen zu müssen. Die deprimierende Tatsache, dass er im Laufe eines Jahres nur zwei ältliche Gottesanbeterinnen katechisiert hatte, ließ einfach keine andere theologische Erklärung zu. So war es weniger die stets gegenwärtige Faszination des Bösen als die schmerzliche Einsicht, die bockige Herde nur durch die Bekehrung des schwarzen Schafes zur Umkehr bewegen zu können, die den guten Hirten an diesem trüben 6. Januar erneut ins Troparium trieb.

Wie üblich lag die Abgottschlange auch am Namenstag der Heiligen Drei Könige locker zusammengerollt in ihrem Zwinger und strafte sämtliche Zaungäste mit souveräner Verachtung. Nicht einmal ein Faultier hätte die Todsünde der Trägheit eindrucksvoller vergegenwärtigen können als ihr scheintot anmutender Riesenleib. Nur ein kleines, rechteckiges Schild zeugte von ihrer lebensgefährlichen Vitalität: »Abgottschlange« stand da in roten Kapitälchen, darunter, in der binären Nomenklatur der Biologie, der lateinische Name »boa constrictor«. Klingt eigentlich recht verharmlosend, dachte der Dompfaff, der wenigstens mit seinem

Latein nie am Ende war, und schlüpfte durch eine winzige Laufmasche beherzt in den Käfig.

Ohne sich durch das demonstrative Desinteresse seines geistlichen Schützlings beirren zu lassen, begann der Dompfaff zur Feier des Tages die Geschichte von den Heiligen Drei Königen aus dem Morgenland auszulegen. Da Caspar, Melchior und Balthasar heidnische Astrologen gewesen waren, die erst durch die Himmelserscheinung des Sterns von Bethlehem zum wahren Glauben geführt worden waren, hatte der Dompfaff die seelsorgerische Parallele zur Gegenwart schnell gefunden, wobei er sich selbst, nicht zuletzt weil er fliegen konnte, ohne zu zögern den glänzenden Part des Kometen zuschrieb.

In der Tat wäre auch alles gut gegangen, hätte der Dompfaff die ihm auf den Leib geschriebene Rolle wirklich verkörpert. So wurde sein geistiger Höhenflug jäh unterbrochen. Ehe er sich's versah, hatte er eine Boa am Hals, deren geschmeidige Eleganz die modischen Federboas, die seine Mutter früher so gerne getragen hatte, weit in den Schatten stellte.

Eine schöne Geschichte, schmunzelte die Abgottschlange. Wenn du mir jetzt noch sagst, wie die Heiligen Drei Könige aus dem Abendland heißen, kannst du zum Abendbrot wieder zu Hause sein.

Aus dem Abendland!?, wiederholte der Dompfaff wie vor den Kopf geschlagen.

Sag bloß, du kennst das Abendland nicht, lächelte die Abgottschlange.

Ich, stammelte der Dompfaff.

Schade! In der äußeren Mission warst du so sattelfest. Dabei liegt die Antwort auf der Hand: König Kunde, König Fußball und Lottokönig. Aber sei unbesorgt, die Versäumnisse in der inneren Mission lassen sich nachholen, feixte die Abgottschlange und verschlang den Dompfaff im Namen des Vaters, des Sohnes und des Heiligen Zeitgeistes. Amen.

Die Lunte

Auf seinem abendlichen Wechsel vom Bach zum Bau löste ein gänseweinseliger Fuchs eine Schlagfalle aus und büßte seine Kopflosigkeit mit dem Verlust seines Schwanzes. Da er ohne sein rückwärtiges Statussymbol nicht einmal hoffen konnte, eine Partnerin beim Foxtrott zu finden, beschloss der schlagartig ernüchterte Invalide, sich vorerst nichts anmerken zu lassen und seinen Makel so lange geheim zu halten, bis er ihn ohne Ansehensverlust offenbaren könne. Kommt Zeit, kommt Rat, und was sich nicht mehr zurechtwächst, lässt sich fast immer zurechtflicken.

Im milden Zwielicht dieses Hoffnungsschimmers hob der Fuchs seine schöne buschige Lunte vorsichtig auf und schnürte auf Schleichwegen heim. Zu Hause angekommen, spielte er kühl auf Zeit, warf sich unter dem Deckbett einer vorgetäuschten Erkrankung aufs Lager und überlegte fieberhaft, wie er trotz seines Unglücks sein Glück machen könne.

Nach drei Tagen rastlosen Nachdenkens hatte der Fuchs sein Hirn so zermartert, dass ihn sein mittlerweile chronisches Kopfweh stärker plagte als der sporadisch auftretende Phantomschmerz seines verkürzten Rückens. Wie sehr der Fuchs aber auch leiden mochte – die akute Migräne hatte eine positive Nebenwirkung: Der Simulant wurde wirklich krank und fühlte sich seit seinem Unfall zum ersten Mal sicher. Selbst eine Kapazität wie der gefeierte (und gefürchtete) Dr. Kranich war daher nicht in der Lage, den Krankheitserreger festzustellen, zumal sein Patient bei jeder Visite dafür sorgte, dass seine schöne buschige Lunte dezent unter dem Deckbett hervorschaute.

Die gewonnene Bedenkzeit verrann dem sonst so listenreichen Fuchs allerdings wie ein böser Traum, dessen wiederkehrende Schreckbilder sich bald zu einer einzigen Angstvorstellung verdichteten: Ob er schlief oder wachte, angestrengt überlegte oder bloß resigniert in die Röhre guckte – stets sah der Fuchs eine brennende Lunte, die unaufhaltsam auf einen riesigen Knallfrosch zuraste, der hämisch darauf zu warten schien, all seine Schutzvorkehrungen auffliegen zu lassen.

Schon fühlte der Fuchs seine Schonfrist beim nächstbesten Herzschlag verklingen, da zuckte ein Geistesblitz durch die Assoziationsbahnen seines Großhirns: die Schonzeit! Ein feines Augurenlächeln huschte über die Lippen des Fuchses und gab seinen Zügen ein fast prophetisches Aussehen. In wenigen Tagen begann die Jagdsaison. Bereits die erste Hatz würde alle traditionellen Wertvorstellungen in Zweifel ziehen und die gesamte Tierwelt rücksichtslos auf den Kopf stellen. Selbst die tapfersten Füchse (und Fähen) klapperten dann mit den Zähnen und kniffen verängstigt den Schwanz ein. An dieser gemeinsamen Schwachstelle wollte der Fuchs ansetzen und kraft seines Unglücks sein Glück versuchen.

Als die erste große Parforcejagd unmittelbar bevorstand und alle Füchse wie gewohnt zusammenkamen, um Kriegsrat zu halten, hatte der Invalide den Schritt von der Defensive zur Offensive vollzogen. Dank einer Tube Elefantenkleber, die er vor Jahren einem siebengescheiten (und noch öfter gescheiterten) Uhu aus purer Nächstenliebe abgekauft hatte, saß seine schöne, buschige Lunte fester denn je an ihrem Platz und vermittelte selbst im Wasserspiegel den Eindruck ungebrochener Normalität.

Die Volksversammlung war bereits in vollem Gange, als der lang vermisste Kranke, beredt auf einen jungen Dachs gestützt, am Tagungsort auftauchte. Tosender Beifall brandete auf, riss selbst wortkarge Hinterbänkler klatschend von ihren Sitzen und schwemmte den Jolly Good Fellow auf den tanzenden Schaumköpfen einer La-Ola-Welle ans Redner-

pult. Bescheiden abwehrend bat der Fuchs um Ruhe und
wies verbindlich darauf hin, dass er (genau wie sie) nur
seine Pflicht als Fuchs erfülle, was einem Kranken, wie man
wisse, bei so viel Zeit zum Überlegen, naturgemäß erheb-
lich leichter falle als einem Arbeitstier im Alltagstrott. Es sei
daher beileibe kein Verdienst, vielmehr der Krankheit und
der ihr geschuldeten Schlaflosigkeit zu danken, wenn ausgerechnet ihm zu guter Letzt ein Ausweg eingefallen sei.

Wie alle historisch bedeutenden Konfliktlösungen war
auch dieser Gedanke von bestechender Einfalt. Die Füchse
brauchten nur ihre Schwänze zu stutzen, um sich in Zukunft alle Gefahren vom Leib zu halten: Mit Bobtail müssen wir uns nicht verkriechen, da kann kein Foxhound
Lunte riechen! Mit diesen Worten zückte der Redner ein
kleines, haarscharfes Klappmesser und schnitt sich mit der
notorischen Unschuldsmiene eines aufrechten Patrioten den
Schwanz ab.

Die immer noch schöne buschige Lunte fiel buchstäblich
in ein Pulverfass. Jedenfalls hielt sich noch Jahre später das
Gerücht, dass einige angesehene Greise dank dieser fabel-
haften Empfehlung vor Wut explodiert wären. Die Mehrheit
der Füchse – und das ist verbürgt – platzte ganz einfach los.
Wie gern sie auch sonst alte Zöpfe abschneiden mochten,
Äsops Fabel vom Fuchs mit dem Schwanzstummel kannten
sie, auch wenn sein Nachfolger sie überaus geschickt mo-
difiziert hatte. Sowie die Lunte zu Boden fiel, waren daher
gleich mehrere Füchse zur Stelle, um das Corpus relicti unter die Lupe zu nehmen. Überflüssig zu sagen, dass sie die
zwei nach Alter, Schnitt und Verschorfung grundverschie-
denen Wunden ebenso schnell entdeckten wie die nicht
unbeträchtlichen Klebstoffspuren. Der verhinderte Natio-
nalheld hatte trotzdem Glück: Die Volksversammlung sah
im Verlust seiner Lunte Bestrafung genug.

Der Wolf und der Kranich

Ausgerechnet Ostern verschluckte sich der Wolf, der seinen Hals sonst nie voll genug kriegen konnte, so unglücklich, dass ihm das Ende einer Lammkeule im Schlund stecken blieb. Ehe er aufstoßen konnte, hatte der Konus Speise- und Luftröhre jäh verengt und leise glupschend verpfropft.

Was sechs Schoppen Lacrima Christi nicht vermocht hatten, war nun das Werk weniger Sekunden: Der Wolf wurde schlagartig blau, fiel zwischen sämtliche Stühle und wälzte sich mit hervorquellenden Augen über den neuen Merinoteppich.

Wolfgang!, brüllte die Wölfin entsetzt, sprang an die Hausbar und holte den Digestif. Umsonst: Der Underberg kreißte, doch die Wiedergeburt blieb wider Erwarten aus. Als selbst die antike Pfauenfeder, die schon der Amme von Romulus und Remus Erleichterung verschafft hatte, am passiven Widerstand des Lammes zerbrach, rief die Wölfin den Notdienst. Gerade noch rechtzeitig rollte der Wolf mit Blaulichtblitz und Horngetute in Dr. Kranichs Sprechminute.

Nanu, Herr Wolf, am Auferstehungsfest? Also das ist mir seit Jahren nicht mehr passiert! Was sagen Sie, Fräulein Gössel? Die alte Rechnung ist noch immer offen, und Herr Wolf hat wieder die Chipkarte vergessen? Das ist allerdings ein starkes Stück! – Eine Lammkeule!? Ganz wie Sie meinen, gnädige Frau, ein starkes Stück bleibt es trotzdem. Jeder Underdog ist heute sozialversichert, und da will ausgerechnet Ihr Mann eine Extrawurst haben!? Ja, meinetwegen auch eine Lammkeule. Das ändert aber nichts an der Sache. Nun heulen Sie doch nicht! Auch Schlosshunde fallen unter die Budgetierung. Das hat der Gesetzgeber eindeutig festgelegt. Nein, der Eid des Hippokrates hat damit nichts zu tun: Die ärztliche Standesethik fußt auf der Zahlungsmoral der Patienten. Und das ist gut so. Wer Rechte beansprucht, muss auch seine Pflichten erfüllen. Denken Sie einmal darüber nach, und dämpfen Sie Ihre Stimme – die Kostendämpfung können Sie mir überlassen. Fräulein Gössel, der Nächste bitte.

Der behinderte Frosch

Schenk mir das Leben!, flehte der Frosch.

Keine Sorge, versetzte der Storch, tranchierte geschickt die Schenkel und warf den Krüppel zurück in den Teich.

Hast du ein Schwein!, staunte der Dachs, als der Beinamputierte wieder auftauchte. Französische Touristen haben wir hier seit Jahren nicht mehr gesehen.

Das kannst du wohl sagen, bekräftigte der Frosch. Die Stelle beim Wetterdienst ist mir jetzt sicher: Schwerbehinderte werden bei gleicher Eignung bevorzugt.

Das mag wohl sein, konzedierte der Dachs bedächtig. Ein Bein kann dir keiner mehr stellen; es gibt aber noch andere Glieder.

Die Frauenquote schreckt mich nicht, erwiderte der Frosch. Frösche sind keine Machos: Wir vermehren uns durch äußere Befruchtung.

Glied bleibt Glied, beharrte der Dachs, auf die Technik kommt es nicht an.

Wisst Ihr schon, wer die Stelle beim Wetterdienst kriegt?, funkte die Brieftaube dazwischen.

Das darf doch nicht wahr sein, stammelte der Frosch.

Die Gewitterziege, grollte der Dachs.

Nein, der Klammeraffe.

Das ist der Fortschritt, stöhnte der Frosch.

Tröste dich, gurrte die Brieftaube, mir sitzt die E-Mail-Taube im Nacken.

Was soll ich denn jetzt bloß machen?

Lass dich zum Knallfrosch umschulen, knurrte der Dachs. Silvester hast du dann ausgesorgt.

Beschränke dich nicht auf die Froschperspektive, warnte die Brieftaube.

Ja, soll ich denn wieder zur Kaulquappe werden?, quakte der Frosch entgeistert.

Sei kein Frosch, empfahl die Brieftaube sanft, überschreite die Grenzen des Möglichen.

Umgekehrt wird ein Schuh daraus, widersprach der Dachs. Wir müssen die fortschreitenden Möglichkeiten begrenzen.

Dazu bräuchte man Siebenmeilenstiefel, murmelte der Frosch kopfschüttelnd und schlug sich im selben Moment an die fliehende Stirn.

Drei Wochen später debütierte der Frosch als Werbeträger für Schuhcreme und errang auf Anhieb einen glänzenden Erfolg. Da er keine Schuhe brauchte, Erkenntnis und Interesse also nicht zusammenfielen, galt »Seven Miles Polish« selbst in Fachkreisen als schuhverlässig und entwickelte sich mit Siebenmeilenschritten zum Marktführer. Der Frosch schwamm förmlich in Geld, ließ sich ein einbruchssicheres, viel bestauntes Feuchtbiotop bauen und erreichte binnen Jahresfrist einen Bekanntheitsgrad, der den des Bundesadlers weit in den Schatten stellte. Während der Dachs ausstarb und die Brieftaube ihr Leben mit der Beförderung von Nostalgiepost fristete, lebte der Frosch wie die Made in Germany, und wenn es ihm gelingt, auch jenseits des Großen Teiches Schuh zu fassen, wird er auch morgen noch glänzen.

Der Papagei

In alten Zeiten, als das Wünschen genauso wenig geholfen hat wie heute, strich einmal eine bezaubernde kleine Lachmöwe so aufreizend an der Vergitterung einer Voliere vorbei, dass ein gefangener Papagei schnurstraps aus seinen verrosteten Träumen schreckte und mutwillig hinter ihr herrief: Wenn ich ein Vöglein wär, wenn ich ein Vöglein wär, wenn ich ein Vöglein wär ... Hier stockte der Ara und starrte erschrocken, fast wie ertappt, in die taube Geräuschkulisse der Welt, die jenseits von Raum und Zeit seines Bauers im scharf gerasterten Licht einer blakenden Sonne rotierte, sträubte sein nutzloses Gefieder und schrie: ... dann wär ich vogelfrei, dann wär ich vogelfrei, dann wär ich vogelfrei ...

Der Bundesadler und der Schluckspecht

Entziehn!? Entziehn woll'n Sie!? Na, Sie sind gut. Wie sind Sie denn auf die Schnapsidee gekommen! Also das haut mich glatt um. Möchte bloß wissen, was Sie sich dabei gedacht haben. Ja, wissen Sie überhaupt, was das bedeutet!? Na, setzen sich erst mal. Schnaps? Keine Angst, echter Cognac, hat gut und gern seine vierzig Volumenprozent. Richtiger Sorgenbrecher, kriegen Sie bestimmt nicht alle Tage. Sehn Sie, ich genehmige mir auch einen. Ja, wir halten es hier wie die Diplomaten: Dienst ist Schnaps und Schnaps ist Dienst! Fehlt nur noch das kalte Büfett, was? Na, ein paar Mäuse werden wir für Sie schon locker machen. So, dann woll'n wir mal. Ja-äh, was ham Sie sich denn nun eigentlich dabei gedacht? Entziehn! Entziehn!! Das sagt sich so leicht – aber wie vielen Mitbürgern Sie damit Lohn und Brot entziehn, das sagen Sie nicht! Und dabei sind Sie doch selbst arbeitslos. Stimmt's!? – Na, nun nehm Sie sich das mal nicht gleich so zu Herzen. Wir tun ja auch nur unsere Pflicht, und wenn ich Ihnen hier reinen Branntwein einschenke … Na, sehn Sie, da sieht die Welt doch gleich ganz anders aus! Aber denken Sie mal in Ruhe darüber nach: Sie setzen ja nicht nur die Arbeitsplätze in Brauereien, Brennereien und Kellereien aufs Spiel, Sie gefährden auch sämtliche Zulieferbetriebe bis hin zur Investitionsgüterindustrie. Das muss man sich einmal klar machen! Wo bleibt denn da die gesamtwirtschaftliche Verantwortung!? Nee, mein Lieber, ich bin ja weiß Gott kein Untier, aber selbst von einem Sozialfall sollte man ein wenig soziale Verantwortung erwarten dürfen. Denken Sie an das Dienstleistungsgewerbe! Die kleine Biene im »Anker«, von der Sie mir immer erzählen. Wollen Sie die auf die Straße setzen!? – Na also. Ich wusste doch, dass Sie sich einem vernünftigen Argument nicht entziehn würden. Hopfen und

Malz noch nicht verloren, was!? Aproprost: Auf zwei Füßen kann man zwar stehen, aber aller guten Dinge … Da heißt's dann immer gleich asozial, wenn einer mal ein übern Durst trinkt. Son Blödsinn! Was meinen Sie, wie unsere Marktwirtschaft aussähe – ohne die Wirtschaft am Markt!? Nicht auszudenken! Und erst der Staat, also das – ja, prost, prost –, also das muss man sich einmal ganz nüchtern vor Augen führen: Wo zwei oder drei zum Trinken versammelt sind, ja selbst wenn Sie mutterseelenallein vor der Glotze hocken, da sitzt Vater Staat doch neben Ihnen und kneipt stillvergnügt mit. Was meinen Sie, wenn da jeder entziehn wollte!? Ich sehe die Schlagzeilen schon vor mir: Ernüchternde Bilanz der diesjährigen Steuerschätzung! Steuerausfälle in Milliardenhöhe! Regierung erwägt Freigabe der Promillegrenze! Das gäbe ja den Staatsbankrott, das wäre ja – die Revolution wäre das! Da bräuchten wir am Ende nicht einmal die Sozialfürsorge, was!? Also, ich muss schon sagen, so'n Cognac-, äh Kuckucksei hat mir noch keiner ins gemachte Nest gelegt. Na, nichts für ungut, jetzt hol'n Sie sich Ihre Mäuse und dann ab durch die goldene Mitte! Flasche könn Sie mitnehm …, aber'n bißchen plötzlich, wenn ich bitten darf! Warten ja noch mehr Kunden draußen …

Monkey Business

Ort der Handlung ist Tellus, ein kleiner Planet des Terratyps, irgendwo am pasteurisierten Rand der Milchstraße. Wir schreiben das 4. Äon. Das Jahr des Affen hat eben begonnen. Auf Tellus gibt es, sämtliche Geschirrwarenabteilungen größerer Kaufhäuser in Rechnung gestellt, rund dreizehn Milliarden Porzellanwarengeschäfte und exakt zwei Elefanten: Adam und Eva, die Genbank-Maskottchen der »Tellus Terrarium Treuhand«.

Es ist später Nachmittag, kurz vor Geschäftsschluss. Morgen feiert Eva ihren siebten Geburtstag. Es wird ein besonders schöner Geburtstag werden, vorausgesetzt, dass Adam ... Na, Gott sei Dank, da kommt Adam. Es scheint, ja, Adam ist auf dem Weg ins Kao-ling, den erstbesten Porzellanladen des ganzen Planeten.

Ka-o-ling! Der zierliche Dreiklang des luftigen T'o-t'ai-Türglockenspiels war kaum erklungen und Adam vielleicht mit dem Rüssel im Laden, da wurde dem doch nun gewiss majestätischen Kunden der Zutritt zum Einkaufsparadies unvermittelt versperrt. Aufblicken und Aufspringen war eins: Hannibal ad portas! Ein Elefant im Porzellanladen! Der Verkäufer, ein alter, vollkommen nackter Affe, fletschte sein zahnloses Maul und grimassierte abschreckend. Dann fiel sein Unterkiefer erkenntnisinnig nach unten. Sein jäher Sprung in den aufrechten Gang hatte einen kleinen, eben noch vollmundig strahlenden Glücksgott aus Blanc de Chine vom Ladentisch gefegt und unwiederbringlich zerstört.

Da sehen Sie, was Sie angerichtet haben!, fauchte der Affe. Aber das wird Sie teuer zu stehen kommen!

Guten Tag, murmelte Adam bestürzt und setzte versöhnlich hinzu: Zehntausend Jahre!

Zehntausend Jahre!?, brüllte der Affe. Den krieg ich in zehntausend Jahren nicht wieder!

Bitte, versetzte Adam und machte unwillkürlich einen Schritt nach vorn.

Hinaus!, kreischte der Affe und stürzte Einhalt gebietend zur Tür. Der dumpfe Schlag einer satt gravitierenden Deckelvase brachte ihn freilich mit affenartiger Geschwindigkeit wieder zum Stehen. Ein tierischer Schrei entrang sich seiner gestärkten Hemdbrust, sprang gellend durch drei, vier Stellagen und schrillte am Ende sogar ein Ensemble reizender Rokokotassen zu Bruch, sodass selbst eine todschicke Trembleuse wider Erwarten das Zeitliche segnete.

Nun aber raus, keuchte der Affe und warf sich mit rollenden Konvexlinsen auf den Eindringling. Doch Adam ließ sich nicht länger einschüchtern, umschlang ihn gekonnt mit dem Rüssel und verordnete dem unternehmungslustigen Wirtschaftssubjekt eine kräftige Luftveränderung.

Jetzt ist es aber wirklich genug: Sie machen ja alles kaputt!, tadelte Adam mit Würde und mühte sich redlich, den Affen zur Besinnung zu bringen. Umsonst. Der Unternehmer verlor, teils aus Furcht, teils vor Erschöpfung, teils auf Grund des abrupten Ozonschocks sein ohnehin getrübtes Bewusstsein und schien auch fürs Erste nicht mehr erwachen zu wollen.

Da der Ladenschluss unmittelbar bevorstand, bettete Adam den Affen behutsam auf eine Chaiselongue, verpackte das zarte, aus feinstem schneeweißem Bisquit gefertigte Elefantenbaby – Eva liebte Elefanten – vorsichtig in einer gepolsterten Porzellophantüte, zahlte und ging.

Der Geburtstag wurde ein Riesenerfolg. Eva war restlos glücklich. Ein einziger Wunsch ging allerdings nicht in Erfüllung. Ausgerechnet die immer wieder geäußerte Hoffnung, das herrliche Fest noch oft in froher Runde begehen zu können, sollte sich wider Erwarten nicht bewahrheiten.

Adam und Eva wurden noch in derselben Nacht – die letzten Gäste hatten sich eben verabschiedet – auf Druck der intergalaktischen Porzellanladenlobby sanft und verständnisvoll eingeschläfert. Meisterhaft präpariert und mit einem ferngesteuerten elektronischen Bewegungsapparat versehen, erfüllen die zwei ihre Pflicht im Dienst der Genbank jetzt besser als je zuvor.

Das Mondkalb

In einem Kuhdorf am Rande einer blühenden Industrielandschaft lebte ein Kalb. Es besaß eine voll klimatisierte Mastbox, stand Tag und Nacht unter ärztlicher Aufsicht und erhielt in genau geregelten Abständen eine sorgfältig ausgewogene Portion hochwertiger Milch. Als Gegenleistung produzierte das Kalb rund um die Uhr zartes, helles Kalbfleisch.

Obwohl das Kalb unter diesen Lebensbedingungen schon nach kurzer Zeit an schwerer Kalbsanämie erkrankte, ließ sich das Jungtier im Bewusstsein seiner gesamtwirtschaftlichen Verantwortung nicht beirren. Ohne Wachstum kein Fortschritt!, und: Ohne Fleisch kein Preis!, pflegte es sich in schwachen Stunden zu sagen und bewies damit schlagend, was ein gesundes Berufsethos selbst über chronische Berufskrankheiten vermag.

So wuchs das Kalb störungsfrei auf, bis eines Nachts das ewige Licht in der Stallung aus unerklärlichen Gründen erlosch. Finsternis füllte die Box und bange Vertrautheit, kuhaugenschwarz und schmerzhaft, und dann, vom Widerstand der Adaptation zögernd aufgeblendet ... der Mond. Wie ein großer goldener Apfel aus China mit fliegenden Troddeln aus zuckerwattiertem Gewölk schwebte er still im Fadenkreuz einer winzigen Fledermausgaube, die, dachschräg gegenüber, in einer steinalten architektonischen Nische, eine nie für möglich gehaltene Pforte der Wahrnehmung aufstieß.

Im nächsten Augenblick war die Sternstunde verstrichen. Milchiges Neon durchflutete wieder den Stall und tauchte die kleine Friktion in das kühle, bläuliche Licht eines fast hermetischen Alltags. Doch das Kalb staunte noch immer, bewegte die einmal erblickte Erscheinung wieder und wiederkäuend im Herzen und sah in ihr bald ein erhabenes

Urbild von Frieden und Heiterkeit, einen Wohnsitz elementarer Freuden voll duftender Triften und würziger Matten, sich hörnen, belecken, dem Herdentrieb frönen, Blindekuh spielen und Nächten in Lau.

Ehe man sich's versah, war das Kalb mondsüchtig, fiel vor Sehnsucht vom Kalbfleisch und wurde, als selbst Östrogen nicht mehr anschlug, nach wenigen Tagen notgeschlachtet. Ein hässlicher Tod, mit Bolzenschuss und allen Schikanen, doch Seligkeit nach eigener Fasson.

Hätte das Kalb allerdings geahnt, dass dort oben, tief unten im Mare Crisium, in einer modernen, meteoritensicheren Großraumstallung, in der die Höhensonne angeblich nie unterging, ein Mondkalb lebte, das bis zum Hals voll hochwertiger Milch die Vollerde anhimmelte, wer weiß, ob es sich nicht doch entschlossen hätte, ein nützliches Mitglied der Gesellschaft zu werden.

Kater unser …

Im Hause eines aufstrebenden Neurochirurgen lebte ein Kater, der seinem vergötterten Herrchen in jeder Beziehung nacheiferte. Während die gemeine Hauskatze gefangenen Mäusen den Lebensabend mit einer Partie Katz-und-Maus vertreibt, hatte der vierbeinige Extraordinarius seine Antipoden von diesem Rollenspiel dispensiert, um sie stattdessen nach allen Regeln der ärztlichen Kunst zu examinieren. Zweck der Übung war die Selektion geeigneter Probanden für die Züchtung einer domestizierten, vollkommen katzenfreundlichen Supermaus von hohem Fleisch- und Fettgehalt.

Bei der Durchführung der Prüfungen enthielt sich der Kater jeder Willkür, stellte regelmäßig die gleichen Fragen und beobachtete eine methodische Sorgfalt, die selbst seinem Herrchen alle Ehre gemacht hätte. Überflüssig zu sagen, dass er diese Umsicht auch bei der Evaluation der Ergebnisse an den Tag legte und ohne Rücksicht auf Verluste umsetzte: Wer eine Antwort verfehlte oder gar schuldig blieb, wurde mit tödlicher Sicherheit exmatrikuliert.

Angesichts dieser Voraussetzungen entwickelte sich der Sonderforschungsbereich »Mus Futurus« überaus erfolgversprechend. Engagement, Neutralität und Sachkunde des Prüfungsvorsitzenden standen außer Frage, und auch die Mäuse ließen es an dem gebotenen tierischen Ernst nicht fehlen. Trotzdem trat das Projekt nach wenigen Wochen auf der Stelle: Die Mäuse fielen der Reihe nach durch und nichts deutete darauf hin, dass sie ihre Erfolgsquote in absehbarer Zeit verbessern würden.

Nun gilt es in Katzenkreisen als ausgemacht, dass Mäuse nicht zu den Intelligenzbestien zählen; aber dass alle Examinanden sich derart mausig machen und einfach durchfallen würden, hatte der Kater sich nicht einmal alpträumen lassen. So sah er sich wohl oder übel gezwungen, sein Forschungsprogramm zu modifizieren.

Obwohl das Haupthindernis bei der Entwicklung der Zukunftsmaus offenbar in der mangelhaften Begabung der gegenwärtigen Mausheit zu suchen war, biss sich die Katze keineswegs in den Schwanz. Im Gegenteil: Da leichte Schläge auf den Hinterkopf bekanntlich die Intelligenz fördern, war Abhilfe schnell bei der Pfote. Tatsächlich gewann der Fleiß der Mäuse schlagartig eine neue Qualität, doch brachten selbst sorgfältige Erfolgskontrollen in Form von Zweit- und Drittbefragungen keinen Hinweis auf einen wissenschaftlichen Durchbruch. So steigerte der Kater kontinuierlich Zahl und Stärke der Schläge und entdeckte nach einiger Zeit (und einigen Mäusen) den stereotaktischen Eingriff.

Hatte der Kater den Mäusen bis dato den Kopf gewaschen, stellte er jetzt konsequent auf Gehirnwäsche um. Wie tiefgreifend die neue Methode das Entwicklungsprogramm aber auch immer verändern mochte, den Forschungszweck erfüllte sie nicht. Ganz gleich ob der Kater mit spitzer Kralle ausgewählte Dendriten entfernte oder mit Hilfe der häuslichen Heizsonne komplette Neuronenbündel verschmolz – die Mäuse blieben unter aller Sau. Selbst eine recht possierliche Tanzmaus mit ringförmig verschmorten Synapsen erinnerte eher an eine Spielzeugmaus des untergegangenen Blechzeitalters als an den Prototyp der gesuchten Zukunftsmaus.

Nachdem sich auch dieser Lösungsweg als Sackgasse erwiesen hatte, glaubte der Kater, den Kunstfehler in der Kunst selbst suchen zu müssen, und fand auf diese Weise zurück zur Natur. Natürlich war das Projekt damit nicht gestorben. Als Rückbesinnung im Dienste des Fortschritts bereitete die forschungspolitische Wende vielmehr den Boden für einen methodischen Katzensprung von der Erzeugung zur Zeugung. Eine solche Versuchsanordnung war ethisch freilich nicht unproblematisch und konnte in manchen Katzenaugen den Tatbestand sodomitischer Unzucht erfüllen; allein, wie immer man sich über diese Frage auch katzbalgen mochte, die Bürde der Mäuse blieb unantastbar.

Bedauerlicherweise musste der Kater die neue Versuchsreihe schon in der Erprobungsphase abbrechen. Durch den bizarren Typ seiner Objektwahl selbst Gegenstand wissenschaftlichen Interesses geworden, beendete er seine Karriere als akademisches Versuchskaninchen seines vergötterten Herrchens. Als er seine neun Katzenleben unter dem Laserstrahl eines syntaktischen Eingriffs zur Dämpfung seiner abnormen Libido aushauchte, durchzuckte ihn nur noch der wilde Wunsch, dass auch sein Herrchen ein Herrchen habe …

Trautes Heim, Glück allein

Ob ich zufrieden bin? Ach, wissen Sie, ganz zufrieden ist man ja eigentlich nie. Aber wenn Sie mich so direkt fragen, darf ich doch sagen, dass ich es im Großen und Ganzen recht gut getroffen habe. Schließlich findet nicht jeder eine Bleibe im Heimtierparadies von »Zebaoth & Sohn«. Vor allem der alte Zebaoth ist, was Sortiment und Qualität betrifft, geradezu höllisch penibel. Wen er aber einmal auf Treu und Glauben geprüft hat, dem wird es so leicht an nichts mangeln.

Sehen Sie, da wäre zunächst die Einfriedigung. Selbstverständlich ein Rundum-System, das dem Grundrecht auf Eigentum und persönliche Freiheit auch in der dritten Dimension wohltuend Geltung verschafft. Freßfeindhygienisch neutral, wird jedes Einzugsgebiet auf diese Weise zu einer wahren Trutzburg paradiesischer Ruhe. Freilich, was wäre die schönste Heimstatt ohne ein schönes Heim? Aber bitte, treten Sie ruhig näher.

Ja, das ist ein Fertigbau, Typ »Hamburger Dielenhaus«, eine gelungene Adaptation hanseatischer Backsteingotik in Egolandqualität mit entsprechend hoher artgerechter Speicherkapazität: formschön, farbecht, funktional. Der kleine Flaschenzug funktioniert allerdings nicht; aber wozu hat man schließlich seine Backentaschen!?

Apropos: Mein Lebensmitteldiscounter liegt gleich gegenüber. Hier kann ich so recht nach Herzenslust hamstern! Und wenn der alte Zebaoth mittags mein »Manna« bringt, dann wird geschmaust, bis die Höhensonne still und stilvoll hinter dem Buntbarsch-Aquarium versinkt. Dabei ist Zebaoths »Manna« aus zwei Gründen etwas ganz Besonderes: 1. wegen seiner hohen Qualität und 2. wegen seiner hygienischen Darreichungsform. Genieren Sie sich nicht:

»Manna«-Hamsterschnitten könnten Sie zum Abendmahl reichen!

Zugegeben: Gut essen ist eines, fit und in Form bleiben ein anderes. In der Tat hat es hier in der Vergangenheit einige Probleme gegeben. Seit Einführung des Heimtrainers hat sich das allerdings im Laufschritt geändert. Und nicht nur das! Sehen Sie, so ein Laufrad bietet ja nicht nur einen gesunden körperlichen Ausgleich, es verbindet zugleich das persönlich Nützliche mit dem sozial Notwendigen. Wann immer ich im Schweiße meines Angesichts »Manna« abspecke, verdiene ich es mir gleichzeitig.

Sie sind erstaunt? Nichts leichter als das: Meine Laufrolle dient zugleich als Antrieb für das Polrad eines kleinen Wechselstromgenerators. Hier, dieser unscheinbare rote Kasten. Kein Wunder also, wenn der alte Zebaoth in einer energiewirtschaftlich ausgesprochen sensiblen Zeit noch unverdrossen Leuchtreklame machen kann. Kleinvieh macht eben nicht nur Mist, wenn Sie gestatten.

Schön und gut, werden Sie jetzt sagen, alles recht schön und gut, nur: Wo bleibt das Herz? Ein berechtigter Einwand – den der alte Zebaoth allerdings vorausgeahnt hat. Darf ich vorstellen: »Mausi«, die diskreteste Intimgespielin der Welt! Stets willig und zu allem bereit, vereinigt »Mausi« alle Vorzüge einer echten Hamsterdame von Rasse und Klasse, ohne dabei ihre typisch weiblichen Schwächen zu teilen. Was aber das Schönste ist, und warum sollten wir als erwachsene Hamster nicht offen darüber sprechen: »Mausi« lebt ausschließlich von Luft – und Liebe, versteht sich. Einen Apfel wird sie mir daher nicht einmal im Alptraum anbieten.

Der H-Ausfall

Der Adler plustert sich in Form
und dekretiert: Die Schreibreform!
Sie raubt dem Kängu seine Ruh,
es endet nun wie Kakadu.
Jetzt springt es ohne H erum
und appelliert ans Publikum:
Die ganze Schreibreform ist Schmu,
gesponsert von der Milka-Kuh!
Natürlich, fällt der Nandu ein,
sie will das H für sich allein.
Du sagst es, unterstreicht das Gnu
und gibt ein langes Interview,
in dem es h-klein expliziert,
wie der Kuhbismus operiert.
Der Emu misst die Strafe zu:
Macht aus der Bestie Rindsragout,
bevor sie sich noch weiter traut
und Rinderwahn Vokale klaut!
Bewahre, warnt der Marabu,
der Floh erdachte diesen Coup
und setzte Seiner Majestät
den H-Ausfall ins Hörgerät.
Na klar, versetzt das Karibu,
der Aar hat Schuld – bei dem I-Kuh.

Der Pleitegeier

Eines schönen Sonntagmorgens entschlüpfte dem Gelege des Adlers ein hässlicher Pleitegeier. Mehr verdutzt als entsetzt betrachtete der Adler den komischen Vogel mit unverhohlener Neugier, bis ihn die Eule nachdrücklich darauf hinwies, dass das freudlose Ereignis eine Regierungskrise heraufbeschwören könne. Aber eine Adlernase hat er, betonte der König der Ablüfte, um wenigstens das letzte Wort zu haben.

Gleichwohl berief Seine Majestät am nächsten Tag die nationale Elefantenrunde ein, um mit Eule, Strauß und Wendehals eine wirksame Abwehrstrategie zu entwickeln. Selbst den Zaunkönig hatte man kurz entschlossen hinzugezogen, um auch die Opposition frühzeitig einzubinden und schon im Vorfeld des Konflikts so weit wie möglich zu neutralisieren.

Obwohl das Kollegium die heimtückische Nestbeschmutzung einmütig verurteilte und den mit ihr verbundenen Anschlag auf die verfassungsmäßigen Grundlagen der Luftherrschaft entschieden zurückwies, blieb die Beschlusslage selbst nach stundenlanger Debatte verworren. Wie geschickt der Wendehals die vorgebrachten Argumente auch immer drehen mochte – die im Horst versammelten Eierköpfe waren nicht in der Lage, den Attentäter namhaft, geschweige denn dingfest zu machen.

Als der Abend dämmerte und die Zeitungsenten immer mutwilliger durcheinander schnatterten, wurde es dem Adler zu bunt. Zum Kuckuck, wofür bezahle ich Euch!, donnerte Seine Majestät und blitzte routiniert mit den Adleraugen. Der Kuckuck!, riefen Eule, Strauß, Wendehals und Zaunkönig wie aus einem Schnabel und traten sofort in Aktion: Noch in der Nacht wurde der ahnungslose Kuckuck brutal aus den Federn gerissen und wegen des dringenden Tatverdachts der Subversion in Tateinheit mit notorischem Brutparasitismus verhaftet.

Als die Mandarinente drei Wochen später das Hauptverfahren eröffnete, standen die Chancen des Kuckucks denkbar schlecht. Zu deutlich trug der Anschlag die ausgeschriebene Handschrift eines einschlägigen Gewohnheitsverbrechers. Als mehrfach vorbestrafter Nestbeschmutzer war der Kuckuck zudem alles andere als beliebt, sodass selbst der Dompfaff ihm einen kriminellen Karrieresprung dieser Größenordnung ohne weiteres zutraute.

Weit und breit gab es daher nur einen einzigen Vogel, der von der Unschuld des Kuckucks felsenfest überzeugt war, und das war der Beklagte selbst. Nicht dass er den Ernst seiner Lage verkannt hätte – er wusste genau, was ihn beim Kreuzverhör erwartete. Da er jedoch nicht einen Augenblick daran zweifelte, sich öffentlich rehabilitieren zu können, stand es für ihn außer Frage, dass er das ihm in den Schoß gelegte Problemkind schon schaukeln werde.

In der Tat ließ sich die Prozessstrategie des Beklagten wider Erwarten gut an. Schon bei der Befragung zur Person räumte der Kuckuck Verfehlungen der Vergangenheit freimütig ein, betonte aber zugleich, dass er für diese Jugendsünden schwer habe büßen müssen, und präsentierte sich in der Folge als Schulbeispiel einer erfolgreichen Resozialisierung. Wie ein Phönix aus der Asche sei er nach seiner Entlassung aus der Voliere wieder aufgestiegen, habe sich aus eigener Kraft vom unständigen Zeitansager in einer defekten Schwarzwälder Kuckucksuhr zum Zwangsvollstrecker der staatlichen Finanzverwaltung emporgearbeitet und stehe nun als ebenso unbescholtener Staatsbürger vor ihnen wie ein frisch geschlüpftes Küken.

Dann sind Sie also nicht nur ein Radikaler, sondern ein Radikaler im öffentlichen Dienst, resümierte die Mandarinente trocken und stellte dem Kuckuck die unverzügliche Eröffnung eines Disziplinarverfahrens in Aussicht.

Obwohl der Angeklagte unter der Wucht dieser Deduktion einen Moment lang benommen zurückwich, gab er sich keineswegs geschlagen, atmete besonnen durch und fragte im Brustton verfolgter Unschuld, wie man denn, bitte sehr, überhaupt auf ihn habe verfallen können? Brutparasiten gebe es nachweislich viele. Dass er zum Täterkreis zähle, könne und wolle er gar nicht bestreiten; dass er der Täter sei, entschieden! Mit gleichem Recht hätte man ebenso gut den Kuhvogel jenseits des Großen Teiches verhaften können …

Drei Tagessätze für Antiamerikanismus und eine Zivilklage wegen böswilliger Verleumdung waren die Antwort.

Während die Mandarinente nach einem Glas Wasser schickte, wurden im Publikum Wetten darüber abgeschlossen, ob der verstockte Gewohnheitsverbrecher weiter auf seiner Version beharren oder sich endlich zu seiner Schandtat bekennen würde.

Zur allgemeinen Überraschung hatten aber sogar die Aasgeier die Nehmerqualitäten des Angeklagten unterschätzt. Obgleich schwer getroffen, ging der Kuckuck erneut in die Offensive und schleuderte der Mandarinente ein Argument entgegen, das selbst hartgesottenen Galgenvögeln den Atem verschlug: Denn wenn er, so der Beklagte, Seiner Majestät tatsächlich ein Kuckucksei ins Nest gelegt haben sollte, dann hätte dem Allerhöchsten Gelege ein Kuckuck, ein Kuckuck wäre entschlüpft!

Überall wo sich der Kuckuck einstellt, folgt ihm der Pleitegeier doch auf dem Fuß. Das sollten Sie als Zwangsvollstrecker aber wissen, stellte die Mandarinente kopfschüttelnd fest und schlenkerte leicht indigniert mit den Flügeln.

Da sich der Angeklagte strikt an das letzte Wort hielt und nur noch ein zweisilbiges Ku-ckuck vorbrachte, konnte der Prozess schon am ersten Verhandlungstag beendet werden.

Allein der außergewöhnlichen Gnade Seiner Majestät war es zu danken, dass dem gemeingefährlichen Triebtäter das ursprünglich ergangene Todesurteil erspart blieb und durch die lebenslängliche Einweisung in ein staatliches Wolkenkuckucksheim gemildert wurde.

Der Igel und der Fuchs

Auf einer Bildungsreise durch den Asphaltdschungel trafen sich ein Igel und ein Fuchs und philosophierten beim abendlichen Sundowner über den Wandel der Zeiten. Nachdem sie Aufstieg und Fall der Dinosaurier ausführlich abgehandelt hatten, kamen sie unweigerlich auf Gegenwart und Zukunft der Säugetiere zu sprechen. Der bis dahin ruhig plätschernde Gesprächsfluss nahm damit freilich eine scharfe, persönliche Wendung, die den Redestrom der Geschichte aufbrausend spaltete.

Ehe der zweite Cocktail eintraf, hackten die zu Streithähnen mutierten Säuger aufeinander ein und sprachen sich gegenseitig die Zukunftsfähigkeit ab. Wer sich heute nicht einigelt, hat morgen ausgefuchst!, tönte das älteste lebende Säugetier mit konservativem Behagen und triezte das »nachgeborene Füchslein« mit den vielfältigen Gefahren, die Igel schon in den Braunkohlenwäldern des Paläozän erfolgreich gemeistert hatten. Wer sich heute einigelt, kann sich morgen nicht einmal mehr darüber fuchsen!, konterte der jungdynamische Newcomer und piesackte den »hausbackenen Swinegel« mit dem sprichwörtlichen Listenreichtum der Füchse, der sie weltweit zur Symbolfigur überlegener Schlauheit gemacht hatte.

Obwohl die Streithähne noch stundenlang weiter debattierten und nach und nach den Gegensatz von Erfahrung und Innovation, die Polarität von Beharrung und Wandel und das Spannungsverhältnis von Spezialisierung und Allgemeinbildung thematisierten, rotierten sie noch im Morgengrauen im heiseren Teufelskreis irdischer Besserwisserei. Erst als ein sichtlich übermüdeter Zapfhahn zwei mit Konsensmilch verfeinerte Tassen Pulverkaffee spendierte, ließen die Gegner voneinander ab: Voll Eifer, so schnell wie möglich zu regenerieren, hatten sich beide die Zungen derart verbrannt, dass sie die Schnauzen halten mussten.

Als sie wenig später stumm und verkatert die Landstraße betraten, um ihren Bildungsweg fortzusetzen, folgte ihnen die Bildungskatastrophe auf dem Fuß: Während der Fuchs sich mit zwei Sätzen in Sicherheit brachte, fasste der Igel im Fernlicht des aufkommenden Jaguar blitzartig Posto und rollte sich rasch und routiniert ein ...

Nicht einmal der Habicht, der täglich am Straßenrand seinem Nahrungserwerb nachging, erkannte den platt gewalzten Insektenfresser wieder, als er ihn vorsichtig, um die Zähnung nicht zu gefährden, für das Briefmarkenalbum seiner Kinder von der Fahrbahn löste.

Die Arche Nova

Als die Sonnenbank ihr Geschäftsgebiet auf den Nordpol ausdehnte, waren die Eisbären Feuer und Flamme. Schon die erste Filiale brachte in die eisige Finsternis ein warmes, anheimelndes Licht, dessen Strahlkraft selbst eingefleischte Winterschlafmützen schlagartig elektrisierte. Mit ihrer großzügigen Einrichtung, dem erstklassigen Service, der von »Arcturus« gepowerten Tan-Control und jeder Menge Spaß am Bräunen wirkte die rund um die Uhr betreute Niederlassung wie der Sendbote eines neuen, ewigen Frühlings, der den weißen Tod ein für alle Mal überwand. Urs und Ursula Durchschnitt waren jedenfalls nicht mehr zu halten und griffen den letzten Schrei mit Inbrunst auf: Bei uns ist jeden Tag Sonn-Tag!, strahlten sie mit südländischem Charme und ließen alle Nordlichter urplötzlich uralt aussehen.

Während Altmeister Petz sich kopfschüttelnd in sein Iglu zurückzog, um Eisblumen zu züchten, überzog die Sonnenbank den Pol mit einem glas- und chromblitzenden Filialnetz, das mehr und mehr Eisbären in seinen Bann zog. Binnen Jahresfrist hatte sie die Arktis mithilfe von Franchisenehmern erschlossen und dabei sogar hartnäckige Einsiedler als Laufkunden gewonnen. Winnie,»The Clue«, ihr jung-dynamischer Chef, wurde mit dem »Goldenen Bären« für Start-ups ausgezeichnet und galt seitdem als Bahnbrecher auf dem Weg in eine neue, innovative Bärendienstleistungsgesellschaft.

Wie jede unternehmerische Erfolgsgeschichte stieß freilich auch »Northpole goes Sunshine!« über kurz oder lang an die Grenzen des Wachstums. Ehe man sich's versah, signalisierten Dynamikverlust und eintretende Marktsättigung den Übergang zu einer anhaltenden Stagnation, die sich im Rahmen der hergebrachten Geschäftstätigkeit nicht mehr beseitigen ließ. Der Polar-Teddy-Index PIX geriet ins Taumeln, durchbrach alle Widerstandslinien und signalisierte zuletzt nur noch die typischen Seitwärtsbewegungen eines Bärenmarktes auf der verzweifelten Suche nach neuer Bodenbildung.

Die braun gebrannten Entscheidungsträger der Sonnenbank rauften sich angesichts dieser Fehlentwicklung die Haare und starrten zugleich mit wachsendem Neid auf die wenigen schneeweißen Nonkonformisten, die auch in den Augen der Durchschnittsbären zunehmend attraktiver wirkten. Ihre wieder erstarkende Anziehungskraft beruhte allerdings nicht nur auf dem nostalgischen Sex-Appeal eines mittlerweile exotischen Schönheitsideals, sondern vor allem auf dem mit ihm verknüpften Selektionsvorteil beim Robbenfang. Während die neuen Braunen von Fehlschlag zu Fehlschlag hetzten und bestenfalls einen Zufallstreffer erzielten, trieben die alten Weißen die Robben noch immer zu Paaren und lebten wie die Maden im Speck. Was die Jagd nach dem Glück den Kunden der Sonnenbank daher auch immer beschert haben mochte – das Jagdglück gehörte nicht dazu.

Als der erste Nachfrageeinbruch den Anfang der Rezession markierte und das von allen Mäulern wiedergekäute R-Wort die Tagespresse zu geschäftsschädigenden Schlagzeilen wie »Northpole goes Sunset!« inspirierte, ging Winnie ein Polarlicht auf: Hier war eine Marktlücke entstanden, deren Erschließung die Entwicklung der Sonnenbank nicht nur konsolidieren, sondern auf Dauer auf eine ganz neue Wachstumsgrundlage stellen würde.

Die vom Vorstandsvorsitzenden entdeckte Geschäftsidee bestand darin, den teilweise schon stark abgemagerten Kunden ein weißes Kunststoffbärenfell aufzubinden, das zusammen mit einem Bräunungs-Abonnement als »Rundumsorglos-Paket« vermarktet wurde. Nach anfänglichen Anlaufschwierigkeiten, die in erster Linie der mangelhaften Imprägnierung des Overalls geschuldet waren, schrieb die Sonnenbank wieder schwarze Zahlen, die alle Kritiker zum Schweigen brachten und namentlich die einflussreichen Multiplikator-Bären erneut zu lyrischen Betrachtungen über das »Land der aufgehenden Höhensonne« anregten.

Der seitdem auf breiter Ladenfront wieder einsetzende Aufschwung erlitt allerdings einen bösen Rückschlag, als die Ergebnisse einer wissenschaftlichen Langzeitstudie bekannt wurden, die »Absorptionsverhalten und Abwärmehaushalt von ursus maritimus pseudocoloratus« in ein bis dahin nicht für möglich gehaltenes Zwielicht rückten. Obwohl die Untersuchung gleich dreizehn verschiedene, zum Teil sehr komplexe Modellrechnungen vorlegte, die nicht zuletzt aus Gründen des Haftungsrechts überaus vorsichtig formuliert worden waren, ließ sie doch unmissverständlich erkennen, dass das gelobte »Land der aufgehenden Höhensonne« trotz gezielter Wachstumsimpulse unaufhaltsam kleiner wurde. Mit einem Wort (das die beteiligten Wissenschaftler allerdings niemals benutzt hätten): Die Sonnenbank brachte die Polkappe zum Schmelzen!

Für Altmeister Petz war der Sachverhalt seitdem so klar wie frisch gefrorenes Windeis. Mit Tränen in den Augen ließ er eine winzige hellblaue Eisblume durch seine demonstrativ erhobenen Pranken tropfen und schluchzte unter den schütteren Beifallsbekundungen der wenigen, immer noch standhaften Nonkonformisten: Rettet den Nordpol – zurück zur Natur!

Ein solcher Schritt zurück (in die Zukunft) war allerdings leichter gesagt als getan. Die Masse der Bären hatte den zwischenzeitlich erreichten Stand des Fortschritts längst verinnerlicht und teils wegen der Arbeitsplätze und Freizeitmöglichkeiten, teils aus ästhetischer Überzeugung, Rechthaberei oder lieb gewordener (neuer) Gewohnheit aus vollem

Herzen akzeptiert. Zu dem chronischen Trägheitsmoment, das jede Veränderung von Natur aus behindert, gesellte sich folglich der breit gefächerte Widerstand aufgeschreckter Besitzstandswahrer, die ihrer wachsenden Irritation lauthals Polarluft verschafften.

Der aufbrausende Chor kritischer Gegenstimmen erzeugte denn auch eine nervtötende Kakophonie, deren gegensätzliche Zungenschläge immer extremere Dissonanzen hervorriefen. Während gebildete Zyniker ungeniert Madame Pompadourse zitierten und allenthalben ein feucht-fröhliches »Nach uns die Sintflut« in Aussicht stellten, brachten die braun gebrannten Status-quo(ten)-Bärinnen die überall aufkommenden Verlustängste auf die hysterische Abwehrformel: Eiszeit, nein danke! Die dritte und größte Gruppierung wollte die Frage dagegen zunächst auf die lange Sonnenbank schieben und weitere Gut- und Gegengutachten in Auftrag geben. Abwarten und Eistee trinken!, erklärte sie cool und wies mit stoischer Miene darauf hin, dass gerade am Nordpol nichts so heiß gegessen werde, wie es gekocht worden sei.

Während der Meinungskampf immer hitziger wurde und schon einen weiteren Temperaturanstieg befürchten ließ, hatte Winnie den nächsten Winner längst in der Tasche. Hier war eine Marktlücke entstanden, die alles in den Schatten stellte, was auf dem traditionellen Geschäftsgebiet ökonomischer Nischen jemals entdeckt worden war. Das unter dem Arbeitstitel »SOS – Save our Sales!« entwickelte Großprojekt sah nichts Geringeres vor als den Aufbau einer titanischen Parallelwelt in Gestalt einer unsinkbaren Rettungsinsel: keinen alten, wurmstichigen Holzkasten, auf dem nur ein Bärenpaar Platz hatte, sondern eine hypermoderne »Arche Nova« mit allem Komfort, die die neuen Bären sicher in eine neue Welt tragen sollte.

Wie SOS meldet, hat das Projekt mittlerweile Produktreife

erlangt: Die Kiellegung wurde vollzogen; in der nächsten Polarnacht steht der Stapellauf auf dem Programm. Die Reservierung ist abgeschlossen, das Zwischendeck weitgehend ausverkauft. Selbst Altmeister Petz hat nasse Pranken gekriegt und setzt auf trockene Planken. Nur die Verpflegung lässt noch zu wünschen übrig: Die Robben haben diesmal nicht gebucht …

PK 0814-L-10310

Da hing er, korrekt im dichten, schwarz-braun gefleckten Pelz in irgendeinem gottverdammten Sekundenquadrat lotrecht im Gravitationsfeld. Nur oben, wo der kurze, walzenförmig gedrungene Leib Hals über Kopf seinen Geist aufgegeben hatte, störte ein hässlicher Strick das tadellose Erscheinungsbild. Wenn die Abendnebel brauten, schien es, als schwebe er auf Wolken; kam die Morgenbrise auf, hing er irgendwann in der Luft: Der doppelte Boden riss auf und die freundliche Vorstellung platzte wie der Seiltrick eines windigen Akrobaten.

In diesem bizarren Wechsel zwischen dem nackten Dauerfrostboden der Tatsachen und dem fadenscheinigen Himmelszelt der Fiktion starrte er glasig gedunsenen Blicks auf die Heerstraße: Sehnsucht lag darin und schwermütiger Trotz und ein klein wenig Hohn und eine ganze Welt der Verzweiflung.

Der Spitzenzug stoppte. Ein Schrei entrang sich dem Vortrupp und oszillierte heiser bellend durch die Längswelle der Rotten. Die Marschsäulen schlossen auf, wogten korpuskular in der Stockung, uferten aus. Nervöses Pfeifen sprenkelte die Luft, ohne Tritt, halbmondförmiges Kriegstheater: Das hatte noch keiner gewagt!

Die Menge brodelte: Desertion war nichts dagegen! Der Deserteur negierte die Tat, er das Tun überhaupt! Der Deserteur war ein zersetzendes Element, er die elementare Zersetzung! Am Ende der Fahnenflucht stand der Tod, er – hatte den Tod als Fluchtweg benutzt!

Die Menge kochte: Selbstmord war Mord! Mord in perverser, negativer Gestalt! Mord an der Gemeinschaft!

Die Menge schäumte jetzt, grell, die tief gespaltenen Oberlippen grotesk verzerrt: Aufhängen! Hängt ihn auf! An den Galgen mit ihm!

Splitter im Auge, Pfahl im Fleisch, die Säule, das Knie, der kunstvolle Knoten.

Der Fall war erledigt: Der Spitzenzug rückte ab, die Kolonnen formierten sich. Der Vormarsch zum Meer ging weiter. Erst nach Stunden hatte die Tundra den letzten Lemming verschluckt.